吴硕贤 著

吴硕贤序跋诗文集

WU SHUOXIAN
XUBA SHIWENJI

华南理工大学出版社
SOUTH CHINA UNIVERSITY OF TECHNOLOGY PRESS
·广州·

图书在版编目（CIP）数据

吴硕贤序跋诗文集/吴硕贤著. —广州：华南理工大学出版社，2017.7
ISBN 978-7-5623-5323-2

Ⅰ.①吴…　Ⅱ.①吴…　Ⅲ.①序跋-作品集-中国-当代　②诗词-作品集-中国-当代　Ⅳ.①I217.2

中国版本图书馆CIP数据核字（2017）第158218号

吴硕贤序跋诗文集

吴硕贤　著

出 版 人：卢家明
出版发行：华南理工大学出版社
（广州五山华南理工大学17号楼，邮编510640）
http://www.scutpress.com.cn　E-mail: scutc13@scut.edu.cn
营销部电话：020-87113487　87111048（传真）
策划编辑：赖淑华
责任编辑：刘志秋　赖淑华
印 刷 者：广州市骏迪印务有限公司
开　　本：787mm×1092mm　1/16　印张：14.25　字数：217千
版　　次：2017年7月第1版　2017年7月第1次印刷
定　　价：49.00元

版权所有　盗版必究　　印装差错　负责调换

拼作昙花争一晌，豪情倩影驻人间

吴硕贤

滞翁铜面笺去泼纹赏年砚贺

江水净
碧汀
滢倒
映峰
峦云竹
排行
舟来

芭蕉樹樹枝柔
欲剪樹枒柢
樹頭自制彈
弓成利器誰
知射雀总空
投
吴颂贤

夏夜至学塾
蝉一丈竿头
蛛网缠屏
气绕声寿处
影半天转遍
山溪滩

剑峰

此信感风自
將來吾以書
發憤信同國
春遷僚造光
汁子深耳蒙
塵小花臨固
文經摧代譯
芳哽沈耳謝

遥闻声已振林樾
意欲捕鸣蝉
忽然闭口立
牧童骑黄牛
歌声振林樾

草书中堂

游鱼潜渌水

翔鸟薄天飞

丙申年

結廬在人境，而無車馬喧。問君何能爾，心遠地自偏。採菊東籬下，悠然見南山。山氣日夕佳，飛鳥相與還。此中有真意，欲辨已忘言。

月挂镜水声嘈乐在溪中安木橹借助激流冲流力黄沙渐尽锁砂洵

硕贤

天寒蓓蕾枝，花迟数朵零星来两枝。一候春未阳律动三阳秀色映庭峰

硕贤

前言

《吴硕贤序跋诗文集》内容共分为四篇。第一篇收入本人为多位其他作者所编著、出版的著作所写的序或前言。这些著作所涉及的领域,涵盖建筑环境声学、噪声控制学、绿色建筑、建成环境使用后评价、节能减排以及诗文集等。

第二篇收入本人为自己所编著、译著出版的著作所写的序、跋、前言、后记及译后记。这些著作所涉及的领域,包括建筑环境声学、室内环境与设备以及诗词、书法和其他文集。

第三篇收入本人发表于报纸、杂志的文章。由于本人不久前刚刚出版过《吴硕贤文集》,该文集收入自己撰写或与他人合作撰写的科技论文的代表作,故本书第三篇就不再收入科技学术论文,而是收入本人所发表过的社科类文章、科普类文章、纪念性文章以及其他一些杂文,内容涵盖本人对科技政策的看法、搞研究、做学问的心得体会，以及对建筑环境声学、建筑技术科学、绿色建筑及建筑环境使用后评价等方面的见解。本人曾于2005年出版过《音乐与建筑》，其中，收入自己在此前发表于报刊上的非科技学术论文类的文章。在那本书出版后，本人又陆续发表过许多此类文章，此次一并收录在本书第三篇中。

第四篇收录了本人于2016年以来新创作的近200首诗词作品。本人此前所创作的诗词作品，曾结集于1995年由浙江古籍出版社出版《松风集、偶吟集》。该书系我与先严吴秋山的诗词作品一道分上下两篇一并出版。后来，在《音乐与建筑》一书中，也曾以附录的形式，发表了我所写的有关建筑与环境的一些诗词作品。2013年，中国建筑工业出版社又出版了《吴硕贤诗词选集》，集中发表了235首诗词作品。不久前，由华南理工大学出版社出版的《吴硕贤文集》，又以附录的形式发表了162首诗词。过去，我的业余诗词创作，均是以"偶吟"的方式进行，即偶有感触或灵感，方才提笔写作，是故每年所写的诗词作品，往往不过数首，至多不超过十几首。然而，自2016年秋加入由我的研究生组成的微信群以来,我想每天给学生们发一首诗词,故而给自己施加了一定的压力,使自己不敢懈怠,迫使自己在诗词写作上比先前更加勤奋。另外,那段时间我太太正好到东京我女儿吴燕处住了三个月,我一人留在广州,多了不少业余闲暇时间。家里也比较安静,"宁静而致远",有利于构思写作。当然,更重要的是,此阶段的诗词创作可谓是在前些年厚积的基础上喷发的结果。这些年来,我对于人生、自然、社会和许多科技问题,一直有所思索,形成了一些见解,一直想用诗词的形式加以概括、阐述,因此,我才能在较短时间内,创作了近200首诗词。我认为现代诗词要谋得普及与发展,就应当拓展其创作的空间与思路,应当不落窠臼,另辟蹊径。眼下,许多当代人写诗词,多不脱古人吟诵风花雪月的窠臼,或者多为应事酬情之作。这些题材,古人已多所涉及,要想写出有新意的作品,殊为不易。因此,我主张今人写作诗词,应当力求旧瓶装新酒,要融入现代题材,描写当今生活,具有现代情感与思想,充满现代气息。而且在文字上要力求平实、通顺、易懂,不要故作艰深,让人费解。我在本诗文集第四篇的诗词作品创作中，有意进行了一些探索，力求有所创新，如用同一词牌（《捣练子》《忆江南》《相见欢》《忆王孙》）或同一诗律（如五律）记述本人童年、中学、大学及在华南理工大学工作的经历和事件，或者描写、吟咏十二生肖、五行及金陵十二钗等。这些系列作品在微博、微信上发表后，获得不少读者和诗词界友人的赞赏和鼓励。我想通过自己的创作实践来为诗词的继承、普及和发展贡献一份绵薄之力。希望得到有识之士的不吝指教。

我夫人朱琴晖打印了本书多篇文稿，我的博士生李楠女士帮助编辑文稿，特此致以衷心的谢意！

吴硕贤

华南理工大学建筑学院
亚热带建筑科学国家重点实验室
2017 年 3 月

目录

第一篇　他序

002　《建成环境主观评价方法研究》序
005　《环境噪声自动监测技术规范释义》序
007　礼赞·彰扬·赏识
　　　——《我的教育诗：刘友开教育教学研究诗集》增订再版序
009　《珠江三角洲地区休憩广场环境及人群行为模式研究》序言
011　《岭南高校教学建筑使用后评价及设计模式研究》序
014　《噪声控制与建筑声学设备和材料选用手册》序一
016　《吴秋山书法选集》序言
019　《珠江新城核心区城市设计发展及评价研究》序
022　《煤炭储存结构和环境保护》序言
024　《零能耗示范建筑　生态凹宅》序
026　《广州西关居住社区开放空间环境活力与模式》序
028　《城区需求侧能源规划和能源微网技术》序二
030　《芝山园丁吟草》序
033　《松露集》序
035　《大型剧院工程综合施工成套技术》序

第二篇　自序

040　《松风集、偶吟集》自序
041　《室内环境与设备》第一版前言
044　《建筑声学设计原理》前言
047　《音乐与建筑》前言
049　《室内声学与环境声学》前言
054　《建筑声学——声源、声场与听众之融合》译后记
056　《成语新解与杂谈》前言
058　《成语新解与杂谈》后记
060　《吴硕贤诗词选集》前言
062　《吴硕贤诗词选集》后记
064　《吴硕贤书法选集》前言
067　《吴硕贤文集》前言
070　《吴硕贤行书选》前言

目录
contents

第三篇 杂文

074 厅堂建筑的声学设计
078 建筑：仅满足视觉是不够的
082 论继承与创新
088 我的语文观
090 绿色建筑改善人居环境
　　——专访中国科学院院士吴硕贤
095 应将建筑科学列入国家科技发展重点领域
097 建设建筑科学重点实验室的必要性
100 建筑业的基础研究与产业振兴
111 中学的回忆
116 故园情思
119 回顾我在清华大学攻读博士学位的经历
124 半野轩
127 在人居环境科学领域耕耘
130 人才评选与辨识略论
134 应当重视博物馆建筑的声学设计
139 科研经费应更多地支持长期稳定的研发工作
142 应当高度重视建筑环境声学的发展
144 读书与反刍

第四篇　诗词

2016 年诗词

- 148　澄江化石
- 148　抚仙湖
- 148　机上所见
- 148　润物
- 149　寄友人
- 149　赞女排
- 149　师生微信群
- 149　开学有感
- 149　闻志勋兄携孙女游迪斯尼乐园戏作
- 150　致笑笑
- 150　贺师生欢聚
- 150　师门聚会
- 150　中秋夜
- 150　倡国粹
- 151　偶思（两首）
- 151　哲思
- 151　学艺
- 151　谢知音

目录 contents

- 151　读史有感
- 152　岭南秋意
- 152　假花
- 152　听觉重要性
- 152　声景
- 152　贺清华建筑学院七十华诞
- 153　港珠澳大桥
- 153　桂殿秋·射电望远镜
- 153　水调歌头·大象无形
- 153　长相思·天路
- 153　清平乐·七十感怀
- 153　论歌唱
- 154　清平乐·偶得
- 154　生查子·文理兼修
- 154　民歌
- 154　菩萨蛮·聆听心声
- 154　霜天晓角·熟能生巧
- 154　减字木兰花·渐入佳境
- 155　鹊桥仙·园林时间性设计
- 155　生查子·大音希声

155　卜算子·他山之石
155　不了了之
155　妙不可言
156　苏幕遮·回顾
156　对称均衡之美
156　咏酒
156　雾霾
156　菩萨蛮·建筑用后评价
157　浣溪沙·书法
157　菩萨蛮·论书法
157　儿童教育
157　菩萨蛮·信息污染
157　感恩
157　莲花山
158　清平乐·与诸院士同游莲花山
158　初晴
158　可塘珠宝市场
158　卜算子·野花自叙
158　忆江南·汕尾南海寺
158　清平乐·巧遇台风

目录 contents

159　珊瑚玉
159　捣练子·儿时杂忆一·看电影
159　捣练子·儿时杂忆二·制弹弓
159　捣练子·儿时杂忆三·捕斗鱼
159　捣练子·儿时杂忆四·粘知了
159　捣练子·儿时杂忆五·洗铁沙
159　捣练子·儿时杂忆六·龙眼鸡
160　捣练子·儿时杂忆七·工尺谱
160　捣练子·儿时杂忆八·学诗词
160　捣练子·儿时杂忆九·练书法
160　捣练子·儿时杂忆十·功夫茶
160　捣练子·儿时杂忆十一·学游泳
160　捣练子·儿时杂忆十二·迁漳州
160　捣练子·儿时杂忆十三·集邮票
161　捣练子·儿时杂忆十四·游厦鼓
161　捣练子·儿时杂忆十五·爱科学
161　保护声景
161　清平乐·高速铁路
161　咏粥
161　闽南话

- 162　水仙花
- 162　紫砂壶
- 162　忆江南·华工好（三首）
- 163　忆江南·羊城好（四首）
- 163　树叶
- 163　捣练子·太极拳（两首）
- 164　水调歌头·记第十二届全国建筑物理学术大会
- 164　桂殿秋·楠溪江
- 164　今昔出差
- 164　桂殿秋·超级月亮
- 164　咏超级月
- 165　赞余旭
- 165　感悟
- 165　儿童颂
- 165　独处
- 165　卜算子·紫荆颂
- 166　捣练子·出差合肥喜雪
- 166　蝶恋花·采茶
- 166　成语新解与杂谈
- 166　声波颂

目录
contents

166	点绛唇·同窗好友聚会
167	贺养生书法展
167	忆江南·漳州忆一·漳州一中
167	忆江南·漳州忆二·花果之乡
167	忆江南·漳州忆三·少时同伴
167	忆江南·漳州忆四·困难时期
167	忆江南·漳州忆五·布袋戏
168	忆江南·漳州忆六·采荔枝
168	忆江南·漳州忆七·习钢琴
168	忆江南·漳州忆八·数学竞赛
168	忆江南·漳州忆九·赛排球
168	忆江南·漳州忆十·歌咏比赛
168	忆江南·漳州忆十一·高考
168	忆江南·漳州忆十二·思亲人
169	相见欢·大学时光一·上清华
169	相见欢·大学时光二·校长接见
169	相见欢·大学时光三·学渲染
169	相见欢·大学时光四·餐馆遭斥
169	相见欢·大学时光五·游西山
170	相见欢·大学时光六·提高班

170　相见欢·大学时光七·演出
170　相见欢·大学时光八·毕业
170　咏鼠
171　咏牛
171　咏虎
171　咏兔
171　咏龙
171　咏蛇
172　咏马
172　咏羊
172　咏猴
172　咏鸡
173　咏狗
173　咏猪
173　相见欢·三角梅
173　相见欢·半野轩
173　减字木兰花·华清池
174　减字木兰花·咏梁林
174　减字木兰花·诗词改革
174　卜算子·湿地

目录 contents

174　卜算子·小蛮腰
174　忆江南·笑笑过圣诞节
174　儿童陈媛宝
175　西南村
175　鹊桥仙·载人航天
175　绿色建筑
175　流连忘返
175　虞美人·冬至
176　聆听大自然
176　婚礼
176　迎新年
176　咏金
177　咏木
177　咏水
177　咏火
177　咏土
177　海岛
178　点绛唇·珊瑚
178　鹧鸪天·芭蕾
178　红旗颂

2017 年诗词

179	虞美人·闻获广东省科技突出贡献奖有感
179	忆王孙·金陵十二钗——引子
179	忆王孙·咏黛玉
179	忆王孙·咏宝钗
179	忆王孙·咏元春
180	忆王孙·咏探春
180	忆王孙·咏湘云
180	忆王孙·咏妙玉
180	忆王孙·咏迎春
180	忆王孙·咏惜春
180	忆王孙·咏熙凤
180	忆王孙·咏巧姐
181	忆王孙·咏李纨
181	忆王孙·咏可卿
181	忆王孙·跋
181	忆江南·鼓浪屿（三首）
181	忆江南·华工忆（八首）
183	留守儿童过年（两首）
183	采桑子·海峡春节焰火晚会

目录
contents

183　偶思

183　感时

183　母亲颂

184　父亲颂

184　忆江南·元宵射灯谜

184　台湾亲友来厦共度元宵节感赋

184　长相思·元宵灯会

184　元宵大厦烟花秀

185　渔歌子·雁阵

185　渔歌子·鸟语

185　花信

185　咏雨

185　咏风

185　咏闪电

186　咏春雷

186　减字木兰花·零零阁

186　鹊桥仙·遐想

186　鹊桥仙·音乐

186　梧桐影·盆景梅

187　鹊桥仙·绸扇舞

- 187　减字木兰花·贺浙大建工学院九十华诞
- 187　木棉花
- 187　非洲肺鱼
- 187　鹊桥仙·情思
- 187　访问核安所
- 188　访宏村（两首）
- 188　蝶与花
- 188　江南春
- 188　老年颂
- 189　青春颂
- 189　春花
- 189　南靖土楼
- 189　云水谣
- 189　夜宿云水谣
- 189　赏乐
- 190　赏画
- 190　捣练子·咏藕
- 190　捣练子·咏莼菜
- 190　捣练子·咏豆腐
- 190　捣练子·咏兰花

目录
contents

190 捣练子·咏元宵
190 捣练子·咏茶
191 捣练子·咏荔枝
191 捣练子·咏芒果
191 捣练子·咏冬笋
191 捣练子·观科学岛风光摄影口占
191 春季
191 夏季
191 秋季
192 冬季
192 咏编辑（两首）

第一篇 他序

最是神奇物
平凡喜下行
吴硕贤

《建成环境主观评价方法研究》序

2003年4月间，我应东南大学建筑系系主任王建国教授和系副主任董卫教授的邀请，到该校做关于"歌剧院音质设计"的讲座，得以结识东南大学出版社戴丽编辑。她赠送我该出版社出版的建筑学博士文库中的两部著作，并嘱我也推荐一些博士生论文供出版。于是，我推荐了朱小雷的博士论文《建成环境主观评价方法研究》。不久，出版社有了回音，告知经过专家评审，同意将朱小雷的论文列入该文库，予以出版。

我认为东南大学出版社及评审专家选中此论文并予以出版是件很有见地之举，因为此书论及建筑学理论中一个十分重要的课题，对于推动建筑设计水平的提升十分重要。无论要做好何种事，首先要解决一个评价标准问题，否则，孰优孰劣，何者值得提倡，何者应当贬抑，就失去了规矩准绳，而使业者无所依循。建筑规划与设计更是如此。建筑师、规划师所设计营建的人居环境，究竟孰优孰劣，应当有个较具普适性的评价依据，否则的话，各行其是，就会把事情搞糟。过去，我国城乡建设存在不少混乱现象，究其根源，与未从根本上重视和解

注：《建成环境主观评价方法研究》，朱小雷著，东南大学出版社，2005年，南京。

决评价问题，不无关系。

过去我们对建筑作品、人居建成环境的评价，走的多是专家路线，多是依靠建筑师同行之间的认同与评论，并将之作为评价的依据。专家的意见固然重要，然而在当今民主化、人性化的理念日益深入人心，"以人为本"的观念已成为普遍共识的情况下，对建成人居环境的评价，更应注重居住者、使用者的身心感受。关于这一点，我曾在《建筑百家言》一书中撰文论述之，故不赘述。

我个人涉及评价学的研究，先是从厅堂音质评价研究开始的。在建成环境评价中，对声环境的评价应当说一直是颇为领先的一个分支领域。建筑声学一百余年的发展史，始终是伴随着音质评价展开的。重视评价理论的研究是建筑声学能够率先科学化、成熟化与定量化的重要原因之一。1991年，我借鉴模糊集理论，在《美国声学学会志》上发表了用模糊集评价音乐厅音质的论文。接着，我将此想法推而广之，用于评价其他人居环境。1990年到1993年间，在国家自然科学基金和浙江省自然科学基金的资助下，我主持了对南京、杭州、厦门、温州四城市十几个居住小区人居环境的调查与评价研究，建构了一套对居民的主观评价加以量化和统计分析的较为系统的方法体系，并发表了一些论文。自那时起，我就意识到评价学研究的重要性，一直想致力于构建一套具有普适性的评价学理论。

作为一般的评价学，应当具有以下几点共同特征：首先，评价可以分为客观与主观评价两大类，并且应当以后者作为出发点和归宿；评价还可以按定量和定性的方式进行，通常客观评价应当力求量化，而主观评价多以定性、定质的方式进行，但也有办法予以适当量化，尽管此种量化多具有统计学和模糊性的特征。其次，评价还应当遵循一套指标集（或称因子集、参量集、问题集）进行，这些指标之间应当力求相互独立，并且指标集应当是力求完备的。再者，对各指标应当寻找或规定一个评价标准，尤其对可以量化的指标，应当清楚当该指标处于何种值域范围时，是可以允许的；当处于何种值域范围时，是属于优选的；当处于何种值域范围时，是不利或有害的，等等。探讨主客观评价之间的关系，也应当是评价学十分重要的研究内容。这种关系有可能并非一一对应，很有可能是一种多元映射的关系。当然，由什么人去评价，用何种技术、方法去评价等等，也是十分重要的评价学内容。

1998年，我到华南理工大学建筑学系任教后，开始以建筑环境与人类行为及感觉作为另一个研究方向，招收了几名博士生，朱小雷即为其中的一位。朱小雷的博士论文是写得比较好的，答辩时也获得各位专家的一致好评。我认为他论文的主要贡献在于系统总结迄今为止国内外各种建成环境评价的学派和理论，将之融会贯通，倡导一种将结构与人文、量化与质化相结合，从多视角、多层次、多技术方案结合来解决建成环境评价的体系。这样，可以发挥各种方法之所长，克服各自的不足，可以彼此印证，互相补充，以便取得对评价对象更为客观、公允的认识。此外，他通过多个评价案例，令人信服地表明，应当针对具体的评价对象和评价目的，采用多种可行的评价技术，以便达到正确评价的目的。

我以为，一位学者欲获得较为出色的研究成果，有三个必要的条件：其一是必须有一定的研究才能；其二是必须具有良好的学风，具有实事求是、锲而不舍的务实精神；其三是必须舍得下一番"笨"功夫，不可有投机取巧的心理。这三者朱小雷兼而有之，所以他的论文工作能取得较佳的成果，自然也在情理之中。说到评价学，自然联想到对学术成果的评价。目前，我国某些学者学术行为的失范，与未能从总体上建立科学规范的学术评价体系有关。作为一名学者，我主张只要做好自身的学术研究工作，力争以有价值的成果贡献给社会即可。至于外间如何评价，不必过多地关心，相信时间与实践是检验成果的最好标尺。靠炒作来获取声誉和地位是不足取的，也是经不起时间考验的。"桃李无言，下自成蹊"，应当成为我们的座右铭。期待与朱小雷共勉之。

相信本书的出版，将有助于推进我国建筑评价学的发展，对于我国人居环境质量的改善和设计规划水平的提升有所裨益。

《环境噪声自动监测技术规范释义》序

"结庐在人境，而无车马喧"，是人们对人居声环境的理想追求。然而，随着工业、交通事业的发展和城市人口的不断增长，我们的居住环境充斥着噪声的污染，这些污染影响着人们的工作、生活和健康，并带来严重的经济损失，已成为人们关注的热点环境问题，也是世界各国面临的棘手问题。媒体上市民投诉噪声污染的相关报道屡见不鲜。2006年全国环保系统共收到涉及环境污染的群众来信58.7万件，其中投诉噪声污染者达26.3万件，居于首位。由此可见，改善人居声环境，给人民群众以更多的听觉关怀，是关注民生的重大问题。目前，国际社会已将噪声控制水平作为评判一个国家社会文明程度的标准之一。怎样测量、控制或消除噪声，降低其对人们的危害，保证公众能有一个健康、清洁、安宁的环境，是摆在广大环境保护工作者及相关部门面前的一项重大课题。

近日，广东省质量技术监督局和广东省环境保护厅联合颁布实施广东省地方标准《环境噪声自动监测技术规范》（以下简称《规范》），

注：《环境噪声自动监测技术规范释义》，吴对林、黄云生、张远东主编，广东人民出版社，2010年，广州。

对于规范开展环境噪声自动监测，起到先行先试的作用。该标准的制定科学合理、依据充分、内容完整、技术先进，具有可操作性，达到国内领先水平，较好地解决了目前环境噪声自动监测工作缺乏标准规范的问题，填补了国内空白。该标准的颁行对于促进环境噪声自动监测技术的发展，加速环境噪声监测自动化、智能化、网络化建设的进程将具有重要意义和引领作用。

本书结合实际、深入浅出、图文并茂、内容丰富。编者通过多种学科知识要素的有机集成，对《规范》加以解读，使读者能更好地理解《规范》的技术内容。相信本书的出版将对《规范》的推行和噪声控制知识的普及起到积极的作用。

2010 年 7 月 2 日

礼赞·彰扬·赏识

——《我的教育诗：刘友开教育教学研究诗集》增订再版序

我原本与刘友开先生素昧平生，初次见面是在 2007 年 12 月初。当时我与杨叔子院士、王玉明院士一道应中华诗词学会的邀请，赴淮安出席全国诗教经验交流现场会。会上，刘友开先生赠我一本《我的教育诗：刘友开教育教学研究诗集》，由此对他有些印象。近日，他忽然打电话给我，嘱余为该诗集增订再版作序。嗣后不久，我即收到他寄来的新作打印稿。这就是我作此序之缘由。

在淮安的诗教经验交流会上，淮安市荣获中华诗词学会颁发的全国"诗词之市"的称号。会上，我作了《提倡学一点古典诗词》的发言，对于在校园（包括小、中、大学）开展诗教工作，应予以鼓励和支持。

会议期间，我们参观了淮安市若干学校、机关、企业等单位，对于淮安市倡导诗教所取得的成绩，备感赞赏和称羡！我记得当时还写了一首诗，抒发了心中的感受：

自古淮安文采盛，而今焕烂若云霞。

诗词经典张新翼，飞入寻常百姓家。

注：《我的教育诗：刘友开教育教学研究诗集》，刘友开著，吉林教育出版社，2010 年，长春。

淮安校园诗教工作之所以卓有成效，就是由于有一批像刘友开先生一样热衷于诗教的老师们孜孜以求、诲人不倦地耕耘。借此机会，谨向这些老师们致以诚挚的敬意！

我现在作为在高校工作的博士生导师，肩负着培养高水平、创新型人才的职责。但我从自身的经历和多年从事本科生、研究生培养的经验看，我认为正如俗话所说的："十年树木，百年树人"，人才培养是一辈子的事。我曾在一首诗中写道："源丰波象阔，本固木华荣"，要培养出优秀人才，根基十分重要，即小学、中学的基础至关重要。同时，我们还要大力倡导终身教育的理念。我至今仍十分怀念、感谢当年培养、教育过我的小学与中学教师，与他们中的许多人保持着联系。这也是我欣然答应为刘友开老师的教育诗集作序的原因。

从刘友开老师的诗作看，他十分热爱自己的工作岗位，诗中在在体现出一种敬业的精神。这是当前十分值得在社会上提倡的精神。他的诗作许多是对教育前辈和同行的礼赞，以及对同行教师所创造的优秀教学法的彰扬。我也很赞赏他关于"做个有思想的带有诗人味的科研型教师"的提法。他作诗十分勤奋，诗作的数量也很可观。当然，我希望他今后在继续创作教育诗时，进一步努力提高诗作的质量，用更好、更优秀、更有诗味的作品来教育儿童，引领同行，寓教于艺术的熏陶之中。以上数句，与诗集作者刘友开先生共勉之！

2008 年 12 月 25 日于华南理工大学

《珠江三角洲地区休憩广场环境及人群行为模式研究》序言

陈建华的书稿即将付梓，嘱余作序，欣然从之。

建筑师设计室内外建筑空间及环境的目的是为了提供人们栖息、活动和从事各种工作的场所。因此，建筑空间是生活之容器。建筑师所设计的各类建筑物和建筑环境，究竟是成功抑或失败，自然应以是否满足使用者的需求为最终评价依据。这就是以人为本的建筑观。可惜，这个浅显的基本道理往往为人们，甚至是某些建筑师所不解或忘记。

诚然，建筑师在设计各类建筑物时，其脑海中事先为使用者设想了在其中居住、活动和完成若干行为的情景。在这一设计过程中，建筑师依据的是前人的经验、书本的知识，也包括了自己的经验和阅历。从这个意义上说，好的建筑师应是富有各种经验和阅历的成熟的建筑师，正如《红楼梦》所云："世事洞明皆学问，人情练达即文章。"因此，读万卷书，行万里路，察万人事，应是建筑师加强其业务修养所应加以提倡的学习方式。然而，不管建筑师事先谋划、设想的各类使用者利用建成环境的行为模式多么周到，总是或多或少与使用者在建成环

注：《珠江三角洲地区休憩广场环境及人群行为模式研究》，陈建华著，中国建筑工业出版社，2011年，北京。

境中真正发生的行为方式会有所不同；同时，由于生活之树长青，各类使用者的行为模式和在各类建成环境中所产生的心理反应是千差万别、丰富多彩的。因此，注重对使用者在各种典型建成环境中的心理反应和行为模式的调查研究，提供建筑师以回馈信息，作为其今后改善设计之依据，就显得很有价值。这也是使用后评价研究目前成为建筑学的重要研究内容之一的缘故。

陈建华的博士论文就是沿着这一研究方向进行的。他对于休憩广场等典型城市户外公共空间做了较深入细致的调查研究，利用统计学理论和行为科学的方法加以分析，探讨了广场的环境、广场中人群的行为以及两者之间的相互关系，得出若干有价值的可供借鉴的结论。我认为这一类的研究工作，目前在国内尚为数不多，应该加以大力提倡，使之蔚然成风。这是提高我国建筑设计水平和改善环境规划质量的重要途径之一。

拉拉杂杂写了上述意见，以就教于识者。

《岭南高校教学建筑使用后评价及设计模式研究》序

郭昊栩的力作《岭南高校教学建筑使用后评价及设计模式研究》一书即将出版，兹聊数句以作序。

建成环境使用后评价是建筑设计及其理论研究完整链条之重要一环，体现了控制论的核心理念——反馈的原则。反馈是人或机器系统欲越来越精确地达到目标所不可或缺的重要环节。人与机器系统正是通过反馈这一环节，来获取前一行为与欲达目标之偏差信息，从而作出修正，并借此改进下一行为，使之更趋近目标。那么，什么是建筑设计的根本目标呢？著名建筑师贝聿铭说过："建筑的目的是提升生活，而不仅仅是空间中被欣赏的物体，如果将建筑简化到如此就太肤浅了。建筑必须融入人类生活，并提升这种活动的品质。"贝聿铭的这一主张与我们强调建筑设计和规划应当贯彻以人为本的宗旨是相一致的。建筑师的职责在于为使用者设计、建造出适用、安全、健康、宜居和可持续利用的建筑物及其环境。因此，建筑设计是否成功，关键在于使用者对该建筑及其环境作何评价。建筑师欲达到所设计的建

注：《岭南高校教学建筑使用后评价及设计模式研究》，郭昊栩著，中国建筑工业出版社，2013年，北京。

筑及其环境能真正融入人类活动，并提升这种活动的品质，就必须了解使用者在各类建成环境中的行为特性和环境心理，就必须了解建筑是如何被使用的，必须了解哪些是符合人类活动的要求，而哪些又是背离人们的实际需要的。使用后评价是建筑师发现其设计方案优劣成败的必要环节，也是建筑理论研究者归纳、总结、制定各类建筑设计规范和导则的不可或缺的程序。如今，建成环境使用后评价已成为发达国家建筑设计及城市规划的重要程序，也是建筑学和规划学理论研究的重要内容之一。然而在我国，建成环境使用后评价尚未引起业界足够的重视。目前国内城乡人居环境出现诸多问题，与不重视使用后评价研究不无关系。因此，重视建成环境使用后评价，是建筑设计学科走向科学化、定量化和理性化发展的必由之路。

为了贯彻"以人为本"的理念，今后的建筑使用后评价，除了继续关注各类人群使用最频繁的建筑类型的使用后评价外，还应着重关注社会上的弱势群体，包括儿童、老龄人、残疾人和妇女对建筑的特殊要求。此外，我们应当意识到，建筑物是巨大的能源和资源的固化物。我国建筑运行能耗已占社会总能耗的1/4，加上建筑材料的生产和运输能耗，则建筑相关能耗占46%，二氧化碳排放占40%。我国欲实现节能减排的目标，欲提升人居环境的品质，若建筑业不作为，是无法达到的。因此，建筑使用后评价，还应当重点关注对绿色建筑的评价，使之真正达到从全寿命周期考量，达到节能减排和改善人居环境的目标。

大学校园历来被视为从事建筑理论和实践研究的理想实验场，许多关于建筑学的基础理论研究均以高校环境作为实证模板。教学建筑是校园的核心建筑，因此，对教学建筑的使用后评价研究无疑具有典型意义。近年来，我国高教事业呈现出跨越式发展的势头。然而，有关高校教学建筑的规范却付之阙如，尤其涉及教学建筑使用主体的行为与环境心理方面的系统研究更为少见。因此，本书的研究工作填补了这一领域研究的空白，具有重要的价值。

本书作者实地走访了岭南地区二十多所高校数十栋教学建筑，掌握了大量第一手资料，以此为研究样本，从建成环境主观评价入手，综合运用统计调查、层次分析、心物评价、行为测量、认知评价、游历评价、专家评价等多种方法，系统地考察了使用者的心理需求和行为倾向，对岭南高校教学建筑的建成环境做了深入的研究。本书是作者对岭南高校教学建筑使用后评价及赖以归纳总结的设计理论的总结。本书所叙述的研究思路、研究方法和研究框架，可供读者今后在做类似评价研究时参考和借鉴。

我期待我国建筑界在使用后评价研究方面，有更多的力作问世，以促进我国人居环境质量的实质性提升。

2011 年 6 月 23 日

《噪声控制与建筑声学设备和材料选用手册》序一

2011年3月底,世界卫生组织和欧盟合作研究中心发布了一份题为《噪声污染导致的疾病负担》的报告,指出噪声污染不仅会让人感到烦躁,影响睡眠,而且会引发心脏病、学习障碍和耳鸣等疾病,进而减少人的寿命。报告指出欧洲成年人由于噪声污染而每年损失了160万个健康生命年。此处,健康生命年是将死亡率与发病率结合在一起,计算一个人剩余的健康无疾病的年数的指标,用以衡量人群健康的程度。报告的结论是,在危害人群健康的环境污染中,噪声仅次于空气污染而位列第二。

德国著名哲学家叔本华,曾写过一篇《论噪声》的文章,痛斥噪声对思维的扼杀。他写道:"在几乎所有伟大作家的传记或已记录下来的个人言论中,我都能找到他们对噪声的抱怨,例如,康德、歌德、李希滕贝格、让·保罗等。""因为大脑智力的发挥取决于其精力的集中……而噪声的干扰则破坏了这种集中。"他认为噪声"麻痹头脑,搅乱思维,扼杀思想"。叔本华的见解是正确的。因为人思维的

注:《噪声控制与建筑声学设备和材料选用手册》,吕玉恒主编,燕翔、冯苗锋副主编,化学工业出版社,2011年,北京。

主要方式之一,是依赖在心中默念的语音流来进行的。思维的过程,也即"聆听心声"的过程。因此,外界的噪声,无疑会极大地干扰人们"聆听心声"的思维过程。从这个意义讲,创造安静的人居环境,将有利于创新型国家目标的达成。

《噪声控制与建筑声学设备和材料选用手册》(第三版)(以下简称《手册》)的主编吕玉恒教授级高工,与我早就认识。他嘱我为这本新版的《手册》作序,我欣然允诺。吕玉恒先生是我国资深的噪声与振动控制工程专家。他与清华大学燕翔副教授等人合编的这一《手册》,涵盖声学基础知识、消声器、吸声降噪、隔声构件、隔振器与阻尼材料、声学和振动测量仪器等内容,还介绍了噪声振动控制的典型案例。《手册》内容丰富、资料翔实、与时俱进,体现了编著者广博的学识,凝练了编著者丰富的经验,为广大读者提供了重要的参考资料,标志着我国噪声与振动控制工作的新发展。《手册》的出版必将为改善我国的人居声环境起到重要的作用。谨此聊表祝贺之意!

《吴秋山书法选集》序言

先严吴秋山先生于 1907 年出生于福建诏安的一个书香世家。由于我祖父吴梦丹、叔祖父吴梦沂都是清代贡元,学识渊博,均有诗文行世,故先严自幼耳濡目染,受到良好的熏陶。他资质聪慧,4 岁就入读私塾,9 岁能作韵语、著诗文,16 岁中学毕业后,入厦门集美高等师范学校深造,19 岁考入上海复旦大学中文系学习,与章方叙(靳以)等为同学。是时,他投身新文学运动,写了不少散文、诗歌,在上海报刊发表,并于 1934 年及 1937 年分别出版新诗集《秋山草》与散文集《茶墅小品》等。其时,他与郭沫若、郁达夫等时有来往,尤其与郁达夫结成莫逆之交。他的散文具有清新隽永的独特风格,常常引经据典,左右逢源,信手拈来,便成妙谛。正如作家谢六逸在《茶墅小品》序文中写道:"秋山的小品文,静雅冲淡如其为人,对平凡的事物,观察得很精细……他的文笔,近于'风流'一类,读了令人俗气全消,如看雨后的新绿,感觉愉快。"正由于此,《茶墅小品》已成为当代散文中的经典。其中的《荔枝》《西湖的莼菜》《小吴轩》与《战后的沪北》诸篇,入选香港文学研究社出版的《中国新文学大系续篇》。《蟋蟀》《谈茶》

注:《吴秋山书法选集》,吴硕贤编,华南理工大学出版社,2012 年,广州。

等篇，还入选《现代散文鉴赏辞典》和《现代同题散文荟萃》等选集。他的新诗，亦构思新颖，譬喻精到，富有艺术魅力。其诗集《秋山草》中的《雪夜》《轿夫》等篇，也入选上海文艺出版社出版的《中国新文学大系第十四集·诗集（1927—1937）》之中。

先严生前长期在高等学校从事古典文学教学与研究，先后在复旦大学、协和大学、海疆大学和福建第二师院等校任教，擅长古典诗词创作，精通音韵格律之学。他曾将其所著的《白云轩诗词集》，请郁达夫作序。郁达夫在其序文中称赞其诗词作品，令人"讽诵之余，顿觉琳琅满目，美不胜收。尤以大鹏、雪花等词，与凤凰、牡丹诸诗，为压卷之作。才华横溢，独树一帜。豪情逸兴，挥洒自如。盖其灵感覃思，素养精湛有以致也。"郁达夫在其序中附了两首诗，作为对先严诗词创作的评论。诗云：

唱罢鲲鹏唱雪花，关西铁板转红牙。
芬芳藻雅真名士，逸兴豪情两不差。
形象思维汇九流，寄情花鸟乐优游。
葩经比兴骚人赋，荟萃成章罕匹俦。

1995年，由本人及吾弟硕麟，编选了先严的诗词作品，凡426首，荟萃成为《松风集》，与笔者的诗词集《偶吟集》，一并交由浙江古籍出版社出版，并请茅盾先生题写书名。

先严不仅在文学创作上取得出色的成就，其书法作品也具有很高的艺术价值。这得益于他早年在家乡诏安所受到的良好的书画教育。诏安地处东南海隅，闽粤交界之处，历来文风炽盛，出了不少著名的书画家，如谢琯樵、沈瑶池、林壬、马兆麟等人。先严从小遍临颜、柳、欧、苏诸家碑帖，悉心浏览，仔细研摩，勤学苦练，锲而不舍，其隶、楷、行、草样样精通。他每每在诗词曲赋写成之时，就喜将之写成书法条幅，严加品评，揣摩提高。他的书法与诗齐名。其书法作品广泛流传于中国内地、港澳台地区以及东南亚、日本一带，被不少书画爱好者所收藏。本次是他的书法作品首次公开出版。本选集选的是其书法代表作，是其书法创作之精品,是对我国书法宝库的贡献,将在书画史上留下不可磨灭的记录。

本书承华南理工大学出版社出版,足见该出版社编辑们具有高超、独到的鉴赏力和远见卓识。笔者谨在此向出版社和责任编辑表示诚挚之谢意!

先严于1984年不幸病逝,至今已近30年之久。此次由于选编出版其书法选,又将其遗墨翻出,仔细欣赏,缅怀之情油然而生。兹以一首七绝作为本序之结束语:

半是书家半作家,
闲来笔下妙生花。
诗词藻雅洵名士,
赏读斯文若品茶。

2012年2月25日

《珠江新城核心区城市设计发展及评价研究》序

吴桂宁老师将其《珠江新城核心区城市设计发展及评价研究》一书书稿示我,并嘱我为之作序。今日稍得暇,披而阅之,发现此书当属我国建筑界研究城市中央商务区城市设计的一本力作。该书的出版,必将对我国开展包括中央商务区等在内的新城市中心区的城市设计与建设实践,起到重要的参考与指导作用。

中央商务区,顾名思义,即城市中的商业荟萃之地。作为城市之核心,它高度汇聚了城市的经济、科技和文化的力量,集中了许多高档的具有标志性的建筑,具备金融、商贸、会展、观演及文化载体等多种功能,辅之以完善、便捷的市政交通与电子通信等条件,通过仔细、审慎的规划与城市设计,往往成为大城市新的活力之源、魅力中心和首善之区。国际上如纽约的曼哈顿、巴黎的德方斯及东京的新宿等,都是著名的中央商务区的典范。近年,随着我国城市化的推进,许多大城市也纷纷规划、兴建中央商务区,如上海的陆家嘴、深圳的福田中心区以及广州的珠江新城等,均是具有代表性的例子。

注:《珠江新城核心区城市设计发展及评价研究》,吴桂宁等著,北京理工大学出版社,2014年,北京。

广州珠江新城的建设始于1992年。是年，广州市政府组织了"珠江新城概念性规划方案竞赛"，开启了新城建设之序幕。2002年，广州市政府又进一步明确提出将珠江新城建成广州21世纪中央商务区的目标。这期间及前后，广州市通过多次委托咨询或组织国际竞赛，进行了包括三维城市空间设计、中轴线规划研究、珠江新城城市设计方案咨询、中央广场城市设计咨询、中央广场深化方案、综合交通系统规划、海心沙市民广场城市设计竞赛、地下空间及中央广场建筑设计国际竞赛以及几大标志性建筑的国际设计竞赛等规划、设计程序，前后历经十余年，几经曲折、反复，可谓筚路蓝缕，艰辛开拓，终于建成今日的珠江新城，成为镶嵌在广州新中轴线上熠熠生辉的明珠，成为市民引以为傲的城市新客厅。珠江新城也由此成为国内较为成功的中央商务区建设案例，产生了广泛的影响。

珠江新城的建设尽管总体上是成功的，但若细加审视的话，也仍然存在一些令人遗憾的地方，仍有不少值得改进之处。因此，认真回顾珠江新城从规划、设计到建成的过程，总结其成功的经验和值得吸取的教训，实在是一件值得认真去做的十分有价值、有意义的工作。

本书之著者有幸参与珠江新城规划与城市设计的部分实践。作为有心人，他多年来十分详尽地搜集、积累了珠江新城历次重要的规划与城市设计方案和相关资料，认真加以梳理、分析。他将自1992年始至今十几年的建设过程，分为起步探索阶段、检讨调整阶段与深化实施阶段加以回顾、分析与反思，判明各阶段之间的关系，检视各阶段规划、设计与决策的得失之处。这种对一典型工程案例所进行的历时性的深入剖析与研究，所下的一番条分缕析的功夫，自然能给人以丰富的信息和弥足珍贵的启示。不仅如此，著者又进一步对建成后的珠江新城开展深入的城市设计实施度评价和建成环境评价，以及对珠江新城核心区APM线站域空间开展使用者主观满意度评价和核心区公共空间活力量化评价。据此调研评价结果，获得大量第一手回馈信息。通过此种基于科学方法的评价与反思研究，更能得出令人信服的结论，并体现以人为本的精神，值得规划师和建筑师学习与仿效。著者的研究表明，类似珠江新城这种城市核心区建设，唯有从宏观上做好规划方案，从中观上做好城市设计，从微观上做好建筑设计和其他专业设计，再从细观上做好包括建筑小品，乃至标识性系统等设计，方有可能取得成功，方有可能构建宜人的建成环境。

我衷心祝贺吴桂宁力作的出版！预祝其能对我国的城市规划与城市设计，尤其是中央商务区的建设产生持续的影响，发挥宝贵的启示与借鉴作用。

《煤炭储存结构和环境保护》序言

改革开放以来，我国经济实现了持续快速增长，工业化和城市化进程迅速加快，实现了发达国家数百年才能完成的从贫穷落后的农业国向现代工业化国家的转变，取得了举世瞩目的伟大成就。目前，我国经济总量已达到世界第二位。在经济迅猛发展的同时，由于受到粗放型经济发展模式以及科技水平不高的制约，能源消耗高，利用率低，生态环境也付出了巨大代价。

煤炭是我国储量最多、产量最大、最经济的能源。我国富煤贫油的能源资源特点和综合国情决定了煤炭在国内能源消费中仍将长期占主导地位。以煤为主的能源结构在未来相当长时期内仍将难以改变，煤炭生产对今后我国经济的持续发展仍将起着至关重要的作用。另一方面，由于煤炭资源集中在我国西部和北部地区，东南沿海地区经济发达而能源稀缺，能源赋存与消费地域的错位布局，导致了北煤南运、西煤东运的基本格局。同时，我国还是铁矿石消耗和进口大国，每年需从澳大利亚、巴西等国进口约6亿吨铁矿石，这种局面也将长期存在。

注：《煤炭储存结构和环境保护》，李金华、李文颖编著，河海大学出版社，2014年，南京。

目前，煤炭、矿石等从采掘、集运到使用各个环节多数仍处于粗放型模式，在矿山、码头和其他集散地，煤炭、矿石等散装物料大多采用露天方式堆存，造成了严重的粉尘污染。尽管节能减排工作业已引起各界的关注，也取得一定的成效，但受重发展轻环保，资金投入少，科技水平较薄弱等因素影响，粉尘污染治理成效不大。近年以来，重度空气污染、长时间的雾霾天气肆虐京、津、冀地区，笼罩华北、黄淮、东北大地，并已波及长三角和珠三角沿海发达地区，甚至影响到海南岛地区。这不仅严重危害人民群众的身心健康，同时造成了巨大的经济损失。煤炭、矿石等散装物料的粉尘污染是重要的大气污染源，治理煤炭、矿石等散装物料所造成的环境污染刻不容缓，已上升到关系国计民生的高度，具有重要的战略意义。

维护碧水蓝天的生态环境，功在当代，利在千秋。转变经济发展模式和思路，提高全社会的环境保护意识，加快新型清洁能源的开发利用，调整能源结构，提高能源利用率，实施严格的环保审批和污染追究制度，对煤炭、矿石等散装物料从采掘、集运到使用各个环节进行综合治理，控制粉尘污染，是十分值得研究的重要课题。

本书作者长期从事煤炭和矿石码头的工程设计，具有丰富的工程实践经验和深湛的理论素养。作者十分敏锐地抓住这一容易被人们忽视的重要课题，写作了这本弥足珍贵的著作。本书引用了大量工程实例和科技创新研究成果，系统阐述了各类散装物料堆存结构体系，进行了大量的数值模拟分析和风洞试验，对煤炭起尘因素和煤炭起尘规律进行了深入研究，为治理粉尘污染提供了科学依据。同时，创新地提出了一种控制粉尘污染的半封闭风导流型抑尘散货料棚结构。本书可供从事散货集运行业相关的设计、管理与教学、科研单位参考。

明月清风无价，绿水蓝天至珍。为当代人与子孙后代创建、维系美好而宜居的人居环境，是建设小康社会题中应有之义，也是我们从事人居环境规划、设计与建设的光荣使命。而创建、维系美好而宜居的人居环境，是一个复杂的系统工程，必须顾及相关的方方面面，开展协同攻关，方能奏效。相信本书的出版，将会从一个独特的角度出发，为扫清尘霾，还我蓝天作出贡献！

《零能耗示范建筑 生态凹宅》序

进入 21 世纪以来,气候变化与能源、环境问题日益成为国际社会共同关注的热点问题,可持续发展业已成为保障人类永续生存的根本战略。美国政府于 2009 年 12 月颁布的《重整美国制造业框架》,将清洁能源、医学和保健体系、环境科学作为优先重点。2010 年,德国公布《德国联邦政府能源方案》,提出至 2020 年,可再生能源将占其电力总需求 35% 的目标。我国目前已成为世界第一大能源生产国与消费国。我国巨大的能源消费总量及以煤为主的能源结构,是导致大气污染严重、固体废物排放日益增多的根源。

在能源消耗中,建筑业的消耗占有举足轻重的地位。在我国,建筑的运行能耗已占总能耗的25%,若加上生产建筑材料如水泥、钢铁、玻璃等的能耗及相应的运输能耗,则与建筑业相关的能耗高达46%,相关的二氧化碳排放也占40%左右。可以说,建筑业占据节能减排的半壁江山。另一方面,建筑物又是分布式地利用太阳能与风能的最佳载体。截至2011年末,我国城市可利用的建筑面积已达200亿平方米,具备安装太阳能光伏电池装机能力可达20亿千瓦。美国未来学者

注:《零能耗示范建筑 生态凹宅》,肖毅强、曹祖略、钟冠球主编,华南理工大学出版社,2015 年,广州。

杰里米·里夫金在其著作《第三次工业革命——新经济模式如何改变世界》中，就曾指出，将每座建筑物作为能源工作站，来分布式地利用太阳能、风能与地热能等清洁或可再生能源，并与智能电网和储能技术相结合，是解决人类未来能源与环境问题的革命性方案。由此足见发展绿色建筑与生态城市是实施可持续发展战略的关键举措。

正是基于此种背景，由美国能源部发起，以全球高校为参赛单位的太阳能建筑科技竞赛，被誉为太阳能界"奥林匹克"的国际太阳能十项全能竞赛自举办以来，一直为全球所瞩目。迄今为止，已举办过九届。2013年，该项竞赛移师大同市，由中国国际能源局与美国能源部联合主办，由北京大学与大同市人民政府承办，吸引了来自美洲、亚洲、欧洲与大洋洲13个国家36所大学组成的22支参赛队参与竞赛。最终，华南理工大学参赛队取得大赛综合总成绩第二名，也是国内代表队第一名的佳绩。这为华南理工大学和亚热带建筑科学国家重点实验室争了光，着实可喜可贺！

本书介绍了太阳能十项全能竞赛的概况，系统总结了华南理工大学代表队参赛获奖建筑从策划、设计到建造等全过程，涵盖建筑形体设计、自然通风与采光设计、围护结构设计、宜居设计、结构体系、模块化、可拆卸与运输及建造等内容，并论述了所涉及的绿色建筑科学技术，包括太阳能应用、智能控制、空调、给排水以及雨水收集与中水处理等。太阳能住宅麻雀虽小，却五脏俱全。仔细、深入地解剖这只麻雀，当给人以深刻的教育与启示。本书内容丰富、叙述详尽、图文并茂，极具参考与推广价值。

披阅书稿，至少给我以两点启示：其一是想要真正建好与推广绿色建筑，取得节能、环保与宜居效果，一定要精心设计、精心建造，认真选材、设计、制造好每个构件，顾及每一个细节，方能成为精品；其二是绿色建筑涉及多种专业，包括建筑、结构、智能、暖通、给排水、建筑物理等，必须由建筑师主导，与相关专业和工种的专家及科技人员密切结合，组成设计组，集思广益，综合协调，方能设计、建造出合乎理想的绿色建筑，达到艺术与科技的完美结合。舍此并无它途。我想，本书的其他读者，也不难得出相同的结论。

《广州西关居住社区开放空间环境活力与模式》序

朱小雷教授自2005年出版《建成环境主观评价方法研究》这本力作以来，一直坚持从事人的行为科学、环境心理学及建成环境使用后评价的理论与实证研究，不断获得喜人的成果。他本人也因此成为我国建筑界在这一研究领域颇有影响的一位中青年学者。最近，他又完成了《广州西关居住社区开放空间环境活力与模式》的书稿，即将出版，着实可喜可贺！

改革开放推动了神州大地上持续持久的建设大潮。规划师、建筑师作为躬逢其时的弄潮儿，在大显身手之际，也苦于一直忙于接项目，赶图纸，追进度，难有喘息和反思的机会。我国的建筑业也长期处于"短平快"的亢奋状态，形成了粗犷、不精细的特征。再者，由于不少业主、建设方和规划师、建筑师，忽略了对使用者的人性关怀，也未大力开展人的行为科学、环境心理学和使用后评价的研究。许多建筑师，更多地是从表现自己的方案能力、构图水平和追求外在形式与视觉冲击出发来搞设计，做规划。因此，许多工程项目建成后，并不能很好地适应与满足使用者的需求，不仅造成极大的浪费，也影响了人居环境质量的提升与和谐社会的构建。此种非理性的倾向亟待改变。

笔者一直认为，建筑空间是生活之容器。建筑空间与环境对于

注：《广州西关居住社区开放空间环境活力与模式》，朱小雷著，华南理工大学出版社，2015年，广州。

人的行为和心理情绪有着至关重要的影响。设计营建良好、合理的建筑空间与环境，使居住者、使用者能在其中宜居、安居、乐居和便于使用，是一件功德无量的大事；反之，若我们所设计、营建的建成环境不适用、不好用，则不仅影响人们的生活与工作，还会产生严重的不利的心理影响，扭曲了人们的行为方式。换言之，建筑与生活的关系，就好比衣服与身材、鞋与脚的关系。因此，建筑师的设计就应当像裁缝与鞋匠一样，必须量体裁衣、依脚制鞋，方能制作出合用适穿的服装与鞋子。如果仅凭自己的主观臆想或经验去裁衣、制鞋，就难免产生缩体就衣、削足适履或过于宽松、大而无当的结果。试问，此种建筑设计能称得上是人性化、高明的设计么？

就居住社区开放空间而言，笔者认为，高明、合理的开放空间设计，最终应以人们是否乐意在其中"流连忘返"作为重要依据。过去许多开放空间设计，仅从视觉效果着眼，追求构图美，而且往往是追求一览无余、尽收眼底的效果，而不计实际使用效率，结果建成后，人们往往也就在那儿望一望，观观景色而已，便匆匆离去，不愿在其中逗留。此种开放空间的利用率自然就很低，人气就不旺，可以说是浪费空间与土地。而要做到让使用者"流连忘返"，就要下力气研究人的行为规律与环境心理学，就要向使用者多做调研，了解其需求。这是进行精细化、人性化建筑环境设计与构建的必由之路。《红楼梦》说过，"世事洞明皆学问，人情练达即文章"，我想，洞明世事，谙熟人情，应是一位成熟、高明的建筑师的必修课。

朱小雷通过对广州典型的传统西关居住社区进行深入、细致的调研，广泛了解居民和其他使用者对该社区开放空间的切身使用体验，利用行为记录、访谈、间隔拍照、问卷调查等多种方法，收集到大量第一手的资料和数据。基于这些资料和数据，又进一步作出质化与量化的分析，概括出若干具有普适性的行为模式，得出不少有价值的关于改善居住社区开放空间设计的结论。这些，都是本书值得一读的价值之所在。相信这本书的问世，将为今后类似建成环境的研究与设计，提供有益的借鉴和参考。

是为序。

《城区需求侧能源规划和能源微网技术》序二

龙惟定教授是我大学时代的老同学。20世纪60年代中期，我们同在清华大学土木建筑系学习，我学的是建筑学专业，他学的是暖通空调专业，但都住在同一栋楼，因此也相当熟悉。我后来主要从事建筑技术科学的研究与教学，与他更有许多交集。2012年，我主持中国科学院咨询项目"推行绿色建筑，促进节能减排，改善人居环境"，龙教授也是咨询课题组骨干成员之一。我们的报告上报国务院后，得到当时国务院几位高层领导的高度重视，作出重要批示。2013年，国家发展和改革委员会与住房和城乡建设部出台"绿色建筑行动方案"前，国家发展和改革委员会有关负责人还专门征求了我们课题组的意见。我与龙教授就曾出席国家发展和改革委员会的座谈会。此后，我们又数次在有关绿色建筑与生态城市的论坛上，作为特邀嘉宾共同出席。因此，我对他的研究工作，还是比较了解的。光阴荏苒，转眼间我们已从青葱少年走近古稀之年。龙惟定教授已经退休，本可安享晚年，但他仍在孜孜以求，不断开拓新的研究领域。获悉他与其同事和学生共同完成的新作《城区需求侧能源规划和能源微网技术》即将付梓出版，

注：《城区需求侧能源规划和能源微网技术》，龙惟定主编，白玮副主编，中国建筑工业出版社，2016年，北京。

感到非常高兴。我们这一代人，历经动荡和坎坷，但仍然不忘肩负的责任，追求梦想的实现，诚属难能可贵也。

中国正处在城镇化的关键时期，面临人口、资源和环境的多重压力，其中能源是最重要的资源。能源是维系人类活动之动力，是保持城乡活力的源泉，是我们须臾不可或缺、弥足珍贵之物。但人类目前正面临化石能源日益匮乏且过度依赖不可再生能源会带来环境恶化后果的危机。因此，人类不得不日益倚重太阳能、风能、地热能等可再生或洁净能源，而这些能源都属于分布式能源，必须分布式地加以利用。另一方面，建筑的运行能耗高达25%，是耗能大户，而建筑物又是分布式的，因此，推行绿色建筑与生态城市，利用建筑物作为分布式能源利用之载体和产生能源的工作站，无疑是人类解决能源与环境危机的根本出路。绿色建筑、储能技术、能源微网与相关能源规划相结合，是大有前途的事业。过去的城市规划，往往不够重视能源规划，或者是建筑规划与能源规划形成"两张皮"。目前强调多规合一，理应将能源规划作为城市规划的一项重要的专业规划予以高度重视。过去的城市开发中，即使将电力、燃气和热力供应规划作为城市规划的组成部分，但终端建筑通过提高能效、改善用能方式、利用可再生能源和利用被动式技术等所节约的能源，却没有进入规划范畴。这必然造成城市用能不合理，甚至能源浪费的后果。本书提出的需求侧能源规划的方法是解决这一问题的很好的尝试。

本书的另一个主题是能源微网技术。在第三次工业革命的大背景下，未来的城市能源系统，需要产能、供能、用能、蓄能和节能的相互协调，通过能源互联网，融合电力网、热力网和信息网，把分散的用能和分布式的产能互相连通，实现资源的共享。本书提出的能源微网技术，将有望改变城市中传统的大集中、大一统、大规模的供能用能模式和单向管理架构，为最大限度地利用可再生能源，降低城市、区域与建筑能耗提供新思路。

相信本书的出版对城市管理者、规划师、建筑师和能源工程师都极具参考价值，对我国的城镇化和建筑节能事业将会起到有力的推动作用。

《芝山园丁吟草》序

顷接恩师曾庆文先生的诗词集《芝山园丁吟草》文稿，十分欣喜！拜读斯稿，脑海中不禁浮现出当年我在漳州一中求学时，与庆文师多年相处的情景。曾庆文是我们班的物理老师兼班主任。他学识渊博，课也讲得好，能将深奥的物理课讲得深入浅出，明白易懂。我想，我初三时之所以从原先想成为诗人、作家转而立志想当科学家，与他物理课讲得好不无关系。庆文师不仅物理课讲得好，而且文科之学养亦十分深厚。记得他上课时，善于引经据典，用传统文献中的名句，作为教育我们的箴言，诸如"知之为知之，不知为不知，是知也""吾日三省吾身""温故而知新""学而不思则罔"等，常常脱口而出，每每给我们以深刻的启示与教诲。因此，在我的心目中，庆文师是属于那种文理兼通、学识广博的学者。也正由于此，他能成为中华诗词学会会员、漳州市诗词学会理事，并被授予"2002 中国十佳校园作家"，出版诗词选集，着实是事出有因，理所当然。

读毕《芝山园丁吟草》，我认为庆文师的诗词创作有两个明显特点，其一是工于律诗，精于对仗。正如他在其《浅谈学习格律诗心得》一文中所言："对仗，是自然界普遍存在的对称规律在人类头脑中形成骈

注：《芝山园丁吟草》，曾庆文著，漳州市图书馆出版（内部资料），2016年，漳州。

偶思维的产物，它特别表现在汉语言文字的对仗上面。"对仗是传统诗词，尤其是律诗极具魅力之所在，是最能引起审美情趣的特点之一。至今我们耳熟能详的许多著名诗句，其中就不乏对仗佳句，例如"春蚕到死丝方尽，蜡炬成灰泪始干"，又如"即从巴峡穿巫峡，便下襄阳向洛阳"等，无不给人以审美的享受。当然，对仗也是令许多诗词作者感到难以驾驭之处。正是由于构思对仗之不易，致使许多诗词作者宁可写绝句和词、曲，而不大敢于多写律诗。庆文师则不同，综观其诗词集，律诗居然占了绝多之篇幅，足见他对于写好颔联、颈联，成竹在胸，业已达到驾轻就熟的程度。在其集中，对仗佳句俯拾即是，例如："十三志士谋兴国，七一宏雷震禁城"（《曙光吟》）、"港人治港钧天乐，华域归华动地诗"（《庆回归》）、"民主声中劫民主，人权背后踩人权"（《怒斥北约滥炸南联盟罪行》），以及"作客云霄外，交心网络前"（《神舟航天感怀》）等，不胜枚举。这些对联，无不对仗工整、自然、精妙，似随手拈来，不假思索，不露雕琢之痕迹。

本人从事诗词创作也有同感，也乐于构思律诗中的对仗句子，也感到能构思出精妙、新颖、工整的对仗佳句之不易，也每每从写出自认为满意的对仗佳句而收获到正如马斯洛所说的满足超自我实现需求，从而体验到的一种"高峰经验"。我想，庆文师在其诗词创作中，也经常会体验到这种"高峰经验"。这不啻是一种对心理与精神难能可贵的良性体验。

庆文师诗词创作的第二个特点，我以为就在于其构思天然合乎逻辑性与起、承、转、合的自然性，使人读之感到一气呵成，文从字顺，思路清晰，表达明快。这大概也得益于他长期从事理科教学，故而养成思维之缜密和合乎逻辑性。我想这也是好的诗词作品所应倡导具备的优点之一。对于此，庆文师自己也有深刻的体会。同样在《浅谈学习格律诗心得》一文中，他写道："思路是诗结构的基础，作者就是用'诗家语'把自己的思想反映出来。'思'而有'路'表明思路是有条理性、规律性的。"除了作者在此文中所例举的《抗击非典感怀》与《神舟航天感怀》两首诗外，我还想再举一首佳作《漳州一中百年华诞感赋》为例来略作分析。诗云：

辛丑硝烟要塞沦,
强邦兴学九龙滨。
一心效国一心笃,
百载培英百载辛。
花遇秋翁呈异彩,
璞逢和氏出奇珍。
芝山桃李多灵秀,
红映神州万里春。

　　这首诗首联就点出漳州一中创办的时间、地点及缘由。时间是在1902年,为"辛丑条约"订立的后一年。创办地点是在九龙江畔。创办缘由是政府当时为强邦兴学下诏废科举,于是创办漳州府中学堂,即漳州一中的前身。颔联用工整之对仗句,进一步概括漳州一中百年办学历史,以扣紧主题。颈联又用精妙的比喻,点明师生之间的识才与育才,就如同秋翁与百花,和氏与玉璧之间的关系一般。尾联则谈及漳州一中百年来培育了无数英才,分布在祖国各地,为祖国建设作出贡献。这短短八句五十六个字,真正做到起、承、转、合,丝丝入扣,思路清晰、一气呵成。

　　庆文师的诗词,真正做到了他自己所说的"旧体诗要注入新的精神、新的感受、新的思想和新的活力"。综观大作,其选题既有对国家大事和时政的评论,有对自己从事的教育工作的感怀,又有对祖国山川,尤其是八闽大地名胜风光的颂扬,题材多样,内容丰富,阅后令人获益良多。

　　庆文师在《前言》中写道:"晚年学诗,更可以诗词修身养性,丰富生活,增添乐趣,弘扬中华优秀文化。"诚哉斯言!

　　衷心祝愿恩师在今后的诗词创作中,收获更多的佳作,留下更多的珍品!

《松露集》序

  案头上摆着吴仰南先生《松露集》诗词、楹联打印稿,厚厚的一沓,凝结着一位诗词作家多年的心血,体现出一位名校中学高级教师的学养和功力,既飘逸出浓郁的书香,又辐射出默默育人、淡泊名利的正能量。

  翻阅书稿,令人惊讶的是一位中学语文教师的古典文学水平竟是如此之高,不亚于乃至超出许多大学教师的水平。其实这也是正常的现象。所谓民间出高手,世上隐能人,历来如此。我不禁想起民国时期许多大学教授、著名学者和教育家,既在大学授业,也常应聘到中、小学执教的往事。例如由著名教育家经亨颐所主办的浙江省春晖中学,就曾经延聘李叔同、夏丏尊、朱自清、朱光潜、丰子恺等学者任教,均是一时之选。著名教育家叶圣陶,也曾多年在中、小学任教。先严吴秋山先生,既曾在复旦大学、协和大学、海疆学校、福建第二师院等高等学校授业,也曾与名作家许钦文一道,在福建永安师范担任教职,并曾出任诏安中学校长。总之,当时不像现在一样,将小学、中学、

注:《松露集》,吴仰南著,政协诏安县文史委编印,2016 年,诏安。

大学师资固定化，彼此不能转换角色。依我之见，大学教师、教授、著名学者，有时也不妨到中小学讲课、任教，尽早给春苗施加雨露，取得春风化雨的效果；而真正有学识、有才华的中小学教师，也尽可上大学讲台授课，让大学生、研究生获得教益。能者为师，别开生面，有何不好？扯得有点远了，还是言归正传。

《松露集》中的作品，不少是馈赠、感怀或悼念亲友，表达亲情、友谊的应酬之作，包括与诗朋画友之间的唱和、酬答之作；另有许多篇幅，表达的是作者对亲历事件或对所读诗书有思而发的感想、心得与体会。这些作品，在在表现出作者献身教育事业，甘为人梯，乐于育人的情操和淡泊明志、宁守清贫之心态，不啻园丁之歌，读后令人感动。尚有部分作品抒写作者游览山水名胜的感触、体验和评介；此外，还有一些作品是对他人或自己画作的品题，藉物吟咏，抒发情感，真实而生动，毫不矫揉造作，更不作无病之呻吟，故而能拨动读者之心弦，引起读者之共鸣。集中之作品，合乎平仄格律和音韵。许多律诗的颔联与颈联，尤其是楹联创作，不乏对仗工整、构思巧妙之佳对，令人感受到作者功底之深厚，给人以艺术的感染力。

仰南先生是我的同乡、亲戚和朋友。他多才多艺，不仅善文，而且工画。我衷心祝贺其大作即将付梓，相信文集问世后能受到广大读者的欣赏和喜爱，在乡梓和更广的地域上产生应有的影响，存留佳作之魅力。

《大型剧院工程综合施工成套技术》序

近年来，全国各地兴建了许多剧院、音乐厅等厅堂建筑，亦称观演建筑。这些建筑，尤其是剧院建筑，呈现规模大、标准高、投资巨等特点，堪称是最复杂、技术含量最高的建筑类型之一。据统计，全国这些年用于观演建筑的投资规模已达数百亿元，平均每座剧院的投资约为八亿元，且高于十几亿元的大剧院不在少数。仅举广州大剧院为例，其投资规模达十四亿元，相当于我国首次载人航天工程的总投资。由此足见搞好这些剧院建筑的质量，提升其音质水平，具有多么重要的意义。

厅堂建筑是听音的场所。对于这一点，古人早已有了清醒的认识。繁体字的"廳"字，就是广盖头下一个听音的"聽"字。显而易见，若剧院、音乐厅的音质不佳，那就不仅是白白浪费了纳税人的钱，而且贻笑大方，沦为国际笑话。因此，国际上对此类厅堂建筑的音质设计、施工、测试及竣工后的音质评价与研究均十分重视。通常在立项之初，便成立由建筑师、声学顾问及剧场顾问三位一体组成的现场设计组，相互协调，共同开展设计。对于较为重要的剧院、音乐

注：《大型剧院工程综合施工成套技术》待出版

厅，除了采用计算机声学分析软件进行声场三维仿真，求出若干重要的声学参数，例如混响时间、强度指数、侧向效率、明晰度、双耳互相关系数及混响时间频率特性的数值外，尚须制作1∶10、1∶20或1∶25的缩尺声学模型，开展声学实验，检查各主要座位区代表性测点的脉冲响应分布是否合理，是否存在诸如回声、颤动回声、长延时强反射声、声影区或声聚焦等声学缺陷。

目前，关于剧院、音乐厅的音质分析技术的进展，主要体现在两个方面。其一是提高缩尺模型实验的预测精度；其二是研究可听化（Auralization）技术，乃至发展出三维视听一体化技术，以实现座位选择系统，使得具有不同听觉主观偏好的观众，可事先根据对各座位区音质的试听，来选择购票的座位。关于这两方面技术的研发，华南理工大学亚热带建筑科学国家重点实验室开展了深入、系统的工作，业已达到国际先进，乃至领先的水平。该实验室所研发的缩尺模型实验技术，已达到能较准确地预计上述若干重要音质参数的程度，与厅堂建成后实测的数据相当吻合。其所承担缩尺模型实验研究的广州大剧院，就因其良好的音质等原因，被国际上评为亚洲唯一入选世界十大歌剧院的剧院建筑。该实验室发展的基于三维视听一体化技术的座位选择系统，已在厦门国际会议中心音乐厅实现，并应意大利费拉拉大学邀请，与其合作，也在费拉拉歌剧院实现。

良好的剧院、音乐厅音质的实现，光有良好的音质设计与研究是不够的，还要有高超的施工技术予以落实。剧院、音乐厅音质的高要求，决定了剧院、音乐厅施工技术的高难度。因为噪声振动控制以及良好音质的实现，要靠高标准、严要求的施工技术及经验来保证，特别要注意一些细节上的处理，稍微不慎，则可能全盘皆输。例如，出现微小的裂缝或空隙，或出现声桥，都可能导致噪声的渗透和隔声隔振的失效。再如厅堂界面的位置、角度以及界面构造，包括孔径、孔隙率、龙骨间距、空腔尺寸等细节，无不对音质产生微妙影响。此外，空调与照明设备的噪声控制，更是细致的工艺。这就要求承担剧院、音乐厅施工的单位，必须有高超的施工技术、工艺和较丰富的实践经验。

中建八局是我国资深和信誉良好的大型建筑施工国企，承担过许多重要的大剧院建筑工程的施工，积累了丰富、宝贵的经验。作为这些宝贵经验的技术总结，《大型剧院工程综合施工成套技术》的问世，是我国厅堂建筑技术成熟和取得巨大进步的结晶和体现，必将对提升我国乃至世界观演建筑的品质，推动施工技术以及施工管理的科技进步起到十分重要的作用。我衷心祝福此书的出版，并对编著者的辛勤努力表示崇高的敬意！

第二篇 自序

《松风集、偶吟集》自序

我虽然学的是理工科，长期从事声学物理和建筑学的教学与研究工作，但是由于家学渊源，业余时间亦喜欢诗词创作。先严吴秋山先生二十世纪三十年代任教复旦大学中文系，曾活跃于当时的上海文坛。其作品曾入选"中国新文学大系"及其续编。之后他又长期在高校教授古典文学，在诗词曲方面创作颇丰。先慈林得熙也是语文教师，通词章翰墨之学。我自幼跟父母亲学习音韵格律，养成吟诵习惯。此后在学习工作之余，旅游访问之暇，每有感于心，仍偶吟之，日积月累，数目也还可观。

这次选出部分作品，约略依年代为序，结集出版，命名为"偶吟集"。集中有些作品曾在报刊杂志上发表过，并曾请教过茅盾和叶圣陶两位先生，得到这两位文坛巨匠的关心和指教。叶圣老曾致函给我，勉励有加。兹将此函附在本书前面，作为序言。茅盾先生还特地为我的诗词稿集"偶吟集"题签，今用诸封面，以光篇幅。

由于本人才疏学浅，谬误不当之处在所难免，还盼读者不吝赐教。

注：《松风集、偶吟集》，吴秋山、吴硕贤著，浙江古籍出版社，1995年，杭州。

《室内环境与设备》第一版前言

人有五种感觉器官和部位，即眼、耳、鼻、舌、身，分别具有视觉、听觉、嗅觉、味觉、触觉以及热、湿、感觉等官能。它们同时又是人类与周围环境交流信息的通道。与之相适应，便有所谓视（光、色）环境，声环境，热、湿舒适环境以及气味环境等。从人的心理、生理角度出发，分析人们对室内环境的物质和精神要求，在室内设计中，综合运用工程技术手段和设备，为人们创造适宜的居住环境，是室内建筑师的重要职责之一。

室内环境控制正是考虑以人为对象而控制、调节室内空间物理环境的学科。就学科体系而言，它属于建筑技术科学体系，但在应用方面，它不仅能为发挥建筑空间的功能创造条件，而且有时利用环境控制技术和设备，还能协助解决建筑或环境艺术领域中的问题。室内环境与设备所包括的领域很广泛，体现了多学科交叉的鲜明特点。

据世界卫生组织估计，当今人类至少有 10 亿人居住在不健康的室内环境中。在不良的室内环境中居住与工作，不仅影响身、心健康，

注：《室内环境与设备》，吴硕贤、夏清、葛坚、张三明编著，吴硕贤、夏清主编，中国建筑工业出版社，1996 年，北京。

影响生活质量，影响工作与学习效率，而且会对仪器、设备造成损害，降低产品质量，并且造成能源浪费。

《马丘比丘宪章》早就指出："要争取获得生活的基本质量以及与自然环境的协调。"1972年《联合国人类环境会议宣言》也指出："人类既是其环境的创造物，又是其环境的创造者……人类在地球上的漫长和曲折的进化过程中，已经到了这样一个阶段，即由于科学技术发展的迅速加快，人们获得以无数方法和在空前规模上改造环境的能力。"随着人民生活水平的提高和科学技术的进步，人们对高质量居住条件包括对室内各种舒适环境的要求将越来越高。因此，作为从事室内设计的建筑师，必须了解和掌握关于室内环境和设备方面的知识，以便与从事环境控制的工程师和设备工程师共同配合，以改造各种既有的病态的室内环境，创造良好、舒适的各种室内空间。

目前，我国已制定了高等学校建筑学专业评估标准。其中，在相关知识和技术这些智育标准中，一再强调建筑学专业学生应了解人们对其所处环境的心理及生理反应，了解人们行为与物质环境间相互关系的理论，对环境是否适合于人的行为具有辨识与判断能力，并需要掌握通过选用一定的设备及其合理布置，以及建筑布局与构造措施，为人们提供一个满足使用要求与节约能源的物理环境。这些要求同样适合于室内设计专业的学生。

本书介绍有关控制室内声环境，光环境，热、湿环境和空气洁净环境的基本原理、基本概念、计算公式、评价指标、标准规范以及主要的技术措施、控制设备、材料构造与设计方法。光色环境是室内环境的重要方面，但本书对室内光环境设计和照明设备未做较深入的阐述和介绍，同时未涉及色彩环境的内容，主要是因为本书属于"室内设计与建筑装饰专业教学丛书暨高级培训教材"中的一种，鉴于丛书中其他分册已对这些内容做了较详细的介绍，本书对此就不再重复。

在本书的写作过程中，作者考虑到本书的读者主要是室内设计与装饰专业的大学生和从事室内设计与装修业务的工程技术人员，所以尽量少涉及数理公式与推导，而是用深入浅出的语言阐明基本原理和物理概念，便于广大读者接受。同时，由于作者在相关领域从事多年教学、研究与实际工程设计，所以尽量介绍各自学科领域的新发展、新经验，使本书的内容具有先进性和实用性。

本书室内环境部分由吴硕贤主编，室内设备部分由夏清主编，全书最后由吴硕贤统稿。各章具体写作分工如下：

吴硕贤：前言、第一、二章；

张三明：第三、四、五章；

葛坚：第六、七、八、九、十章；

夏清：第十一、十二、十三、十四章。

作者中除夏清为上海交通大学制冷工程研究所成员外，其余均为浙江大学建筑系建筑环境物理研究室成员。

在本书写作过程中，由于时间紧迫，加之作者水平所限，书中不妥之处还望广大读者指正。

《建筑声学设计原理》前言

众所瞩望的 21 世纪已经到来了。21 世纪将是科学技术飞速发展的时代，是人类与自然更好地协调共处的时代，是人类追求并实现更加舒适宜人的人居环境的时代。新世纪将对建筑师提出更高的要求，即要为人类创造更加健康、美好的空间与环境。随着我国加入 WTO 的脚步临近和人们生活水平的提高，人们对声环境质量的要求也越来越高。在此世纪之交，回顾并总结有史以来，尤其是一个世纪以来的建筑声学，特别是观演建筑声学领域的理论研究和工程实践成果，是十分有意义的事情。

原始人类早期的生活实践，就已经包括艺术的活动，其中重要的内容之一就是观演艺术的创造。最早可考的观演建筑包括古希腊的露天剧场和中国古代的"宛丘"。后来，观演活动渐次转入以室内为主，出现了室内剧场、音乐厅等观演建筑。为了追求良好的声环境，历史上人类一直进行着建筑声学方面的探求，并取得了许多成就。然而，现代建筑声学的科学基础却是在 20 世纪初奠定的。百年来，建筑声学

注：《建筑声学设计原理》，吴硕贤、张三明、葛坚编著，吴硕贤主编，中国建筑工业出版社，2000 年，北京。

理论和技术水平取得了长足的进步。在此世纪之交，总结这份宝贵的科学遗产，将其写入教科书，是十分有价值的事情。

尽管国内此前已经出版或翻译出版了若干建筑声学方面的著作和教科书，但是鉴于近年这一领域的许多重要的新成果尚未被较详尽地加以介绍，因此，亟需一本内容较新、系统性较强的建筑声学教科书。笔者多年来潜心于这一领域的研究和教学工作，同时参加了许多观演建筑声学设计工程实践，始终不懈地追踪国内外这一领域的新发现、新成果及新技术，感到有责任将之较系统、深入地介绍给广大读者。这是我打算写作此书的初衷。

在全国高校建筑学学科专业指导委员会1995年广州、深圳会议及1996年西安会议上，与会委员认真讨论并审议了组织出版一套内容更新的建筑学专业本科生和研究生教材事宜，在建议组织编写的重点书目中，就有"建筑声学设计原理"。我作为指导委员会委员，更感到责无旁贷，理应担负一些编著教材的任务。这是促使我决定主编此书的契机。

于是我和浙江大学建筑系环境物理研究室张三明、葛坚副教授分工合作，以近年来我们用于教学实践的讲义为基础，又补充更新了若干章节，写出了此书。其中，我本人承担了前言、第一、三、五、十、十一、十二、十六、十八、二十一章及附录中的附四、附五、附六等的写作；张三明承担第六、八、九、十三、十四、十五、十七、十九、二十二章及附录中的附一、附二、附三等的写作；葛坚承担了第二、四、七、二十章的写作。全书最后由我修改、统稿。何光华、李青梅绘制了部分插图。谨此一并致谢！

鉴于建筑声学的内容较为庞杂，尚包括环境声学、噪声控制学等内容，要在一本教科书中全面介绍，虽面面俱到，却容易不深不透。为此，我们决定本书的内容侧重阐述观演建筑声学设计原理，噪声控制学部分主要介绍室内噪声控制方面的内容。

鉴于目前国内尚缺少建筑声学方面的研究生教材，而目前出版这方面的研究生教材尚有困难，因此，本书决定编入部分专题性较强的章节，以＊号加以标记。这部分内容对本科生可不讲授，可作为研究生的教学内容，或作为有兴趣的本科生课外阅读教材，同时也为广大建筑师、从事室内设计与装修以及环保、广播、音响及音像制作等工程技术人员提供一本内容新颖、先进，阐述系统、深入的参考读物。

本书稿于 1997 年写成后，经全国高校建筑学学科专业指导委员会送三位专家评审，又经指导委员会全体委员一致投票通过作为向全国推荐的本科生及研究生教学用书，由建设部人事教育司下文交中国建筑工业出版社出版。在出版社朱象清总编、欧剑常务副总编以及王玉容责任编辑的关心和大力支持下，终于得以付梓，令人感到欣慰！在此谨向上述有关专家、领导致以诚挚的谢意！

由于我们的水平所限，本书不当之处在所难免，还望广大读者批评指正。

《音乐与建筑》前言

在华南理工大学建筑学系建系 70 周年系庆前夕，建筑学院准备出版一套书，作为系庆的献礼，其中包括我的一本文集。接此任务我不禁感到惶遽不安，因为无论从哪一方面讲，我都自认为尚不够资格出文集，但经不起学院领导的一再催促，只得恭敬不如从命，勉为允承。

好在这些年来，我陆陆续续在各报刊上发表了许多文章，其中既有随笔、散文、游记，又有科普文章和学术演讲，内容涵盖从建筑学、音乐声学、厅堂声学到有关建筑教育以及城市环境保护等诸多主题，颇为芜杂。

我想利用这个机会将之荟萃出版，作为前一阶段自己在建筑学、声学和建筑教育等方面所做的一些工作与思考的回顾与总结，同时以丑媳妇不怕见公婆的想法，将之呈献于同行和公众面前，以广泛听取各界人士的教正。文集中除个别文章是初次问世外，其余文章均曾在报刊上发表过，此次入编时除个别字句稍作订正及补充修改外，基本原文不动。

注：《音乐与建筑》，吴硕贤著，中国建筑工业出版社，2002 年，北京。

作为一名主要从事建筑环境声学研究的学者，这些年来我还陆续发表了一些专业研究方面的论文。由于这些论文涉及较多数学推导，夹杂不少专业术语，与收入此文集中的文章体例颇不统一，故在此文集中均未予列入，打算将来有机会时，再另行结集出版。

作为中华诗词学会会员和岭南诗社与之江诗社成员，我曾于1995年出版过诗词集《偶吟集》（由浙江古籍出版社出版），嗣后又陆续在一些报刊和各地出版的诗词集上发表了一些新作。此次我编选了部分有关建筑与环境的诗词，作为本书之附录。这些诗词部分选自《偶吟集》，但相当部分是尚未结集出版的新作，一并呈请广大读者不吝赐教。

感谢我的夫人朱琴晖、女儿吴燕和我的学生赵越喆博士后、邱坚珍建筑师等人在本文集出版过程中所给予的协助。

《室内声学与环境声学》前言

建筑环境声学是声学与建筑学、环境科学相交叉的新兴边缘学科。在新世纪，这门学科正日益显示其生命力与重要性。

声学是一门既古老又年轻的科学。声学的重要性是不言而喻的，因为它与人类最重要的感觉器官之一——耳朵息息相关，同时与人类的发音器官——喉与口也息息相关。也正因为如此，西方学者预言，声学将是 21 世纪最有发展前途的学科之一。

说声学古老，是因为与声学有关的音乐和语言，其历史几乎与人类历史一样悠久，而音乐和语言都是以声波为载体，以引起听觉为信息接收渠道的。早在人类发明文字，能通过眼睛阅读来传授文化、思想和知识之前，听觉就担负起文化传承的历史重任。

当今的考古发现，不断证实了人类早在新石器时代晚期，就已发明、使用了多种乐器。如我国在山西襄汾陶寺中原龙山文化墓地出土了木框鼍鼓和多例特磬，在陕西华县井家堡和山东莒县陵阳河等地新石器晚期墓葬出土了陶制号角，在浙江余姚河姆渡等新石器时代遗址

注：《室内声学与环境声学》，吴硕贤、赵越喆著，广东科技出版社，2003 年，广州。

出土了管哨、角哨等。近年又在河南舞阳距今近8000年的贾湖遗址出土一批（16件）骨笛，各开有5～8个音孔，能发出多种声调的乐音。世界其他国家也有类似的发现。正如德国学者格罗塞在《艺术的起源》一书中所说的，"音乐创造了听取的形式，创造了在自然界里没有原型而且离开音乐也不能存在的声音的连接和结合。"上述考古发现充分证实，人类早在远古时期对声学就有了一定的认识，并高度发展了"听"的艺术。

著名的美国学者布尔斯廷在《创造者》和《发明者》等书中都说到，古代文化多半是通过声音传达的。以犹太民族为例，其《创世纪》即以"太初有道"起句。"道"字在原始西伯莱文中就含有音响之意。荷马史诗《伊利亚特》和《奥德赛》，早在希腊文明形成前数世纪就已产生。因此，荷马史诗也必然是一种口头创作，是在一个没有文字的时代，由游唱艺人集体创作、流传和记忆的产物。英国法学家威廉·布莱克斯通爵士早在1765年就说过："过去在整个西方世界，都非常不通文学知识，文学完全凭口头传授，就由于这个很简单的原因，凡有文学流传的国家，都几乎没有书写的观念。"

古代中国的情形更是如此，正如哈佛大学杜维明教授所谈到的，古代中国尤其重视听觉在文化传承中的作用。古人崇奉圣贤，而"圣"字（繁体字为"聖"），即以耳为根，以口为本。孔子曾陶醉于雅乐之中，以至三月不知肉味。他又自称"六十而耳顺"，足见"听德"在儒学中的地位。荀子也言"以学心听"，朱熹则说"声入心通"，无不说明听觉和声学在文化传承中的主要作用。佛教也如此，佛祖菩萨的塑像，耳垂都非常长。"观音"虽是音译，但特别用"音"字，也是有讲究的，说明佛教对听觉的重视。在中国古代文学史上，说唱艺术长期占据着重要的位置，宋词、元曲都与说唱艺术有关，话本、章回小说更主要是以说书的形式在民间传播。

人类历史上是先有语言，后有文字。人类优于其他动物的显著长处之一是人类的喉、舌等发音器官很发达，能发出很复杂的声音，包括语言声和歌声。其他动物就逊色得多。例如猿就只能发出简单的声音，只能啼，所谓"两岸猿声啼不住"，用啼字就很准确。当然人类的肢体语言也很丰富，能做出很复杂的动作。同时，人类在长期进化过程中，其听觉器官与发音器官相适应，协调发展，使人类的听觉对语言和音乐的主要频谱范围内的声音反应与辨析能力特别强。人类早就意识到自身的这些长处，因此很早就发展了音乐、绘画和舞蹈艺术，并以语言作为最重要的信息交流方式。文字的起源也与声音有关。文字起源于图画和谐音。西方的古文字通常拆成几个音，每个音用画得出的物件代表，把这几幅画连贯起来就成了一个字。如鱼胶（isinglass），可先画一只眼睛（eye，与 I 谐音），次画一个人张开嘴唱歌（sing），再画一只酒杯（glass）。阿兹台克人就是用声音符号表现文字。古代巴比伦、古代埃及、古代中国也以谐音作为重要的文字创造法则。埃及、巴比伦的文字在公元前 4000 年—公元前 3000 年间发展起来。埃及的古文字先从象形图画开始，后应用谐音法发展为拼音文字，是双管齐下。中国文字大约在公元前 2500 年出现。中国文字也应用谐音法（六书有假借、谐音之说）。如"来"字，音 lai，与"麦"字同音，故形近。再如方块、城坊、纺织等，全都含有方块的象形，就以 fang 为发音基础，再配以象形偏旁来区别。又如"工"字，也是一种发音标记，由此生出"江、缸"等文字，均以"工"为主音变化而来。从图画文字进步到声音文字，是人类的谐音游戏促成的发明。因此，美国著名人类学者罗伯特·路威认为"谐音是诙谐之下乘，然而是高等文明之始基……真正的文字起始于图画谐音。"

  自从文字发明以来，特别是印刷术的普及，渐使人类听的艺术一度有所衰退。近代工业化的结果，又使人类的居住环境充满了噪声的干扰。人类的耳根渐渐不那么清静。然而这种情况近来已有了较大的变化。信息技术革命正在使人类重新重视听觉的艺术，重视声波作为信息传输的主要媒介之一的作用。多媒体、长途电话、国际互联网、高保真音响、家庭影院、声卡等事物正大步迈入寻常百姓家。人们对噪声控制、对良好声学环境的要求越来越高，对高质量视听节目的欣赏正在成为新的时尚。这些要求极大地推动了建筑环境声学这门重要学科的发展。也正是在这一意义上，我们说声学，尤其是室内声学与环境声学，是一门年轻、方兴未艾的科学。

在思维、意图等信息的表达与交流中，语言（诉诸听觉）比文字（诉诸视觉）自有其优越之处。它更自然、更本能、更随意和更具即时性，因此也更方便，并且声波传播距离远、穿透力强。这也就是为什么在动物世界，多以声音作为信息交流的主要方式的原因（其他方式还有诉诸嗅觉的气味，诉诸视觉的表情、形体动作及颜色变换等）。这也就是为什么如前所述，在人类历史上很长的一段时期内，声音和听觉在文化传承中起主要作用的原因。声音与听觉在信息交流中的这些优势，至今仍然起作用。这也就是为什么在今天，许多人宁可用电话交谈，而懒于通信联系的原因。也是今天许多人乐于观看电影、电视剧、收听广播剧等音像节目，而懒于阅读小说、剧本的原因（当然阅读的作用和阅读的享受是不可能由其他方式所完全替代的）。也正由于此，我们可以预言，在新的世纪，声学将有更大的发展，并在文化传承与科学发展中起着更重要的作用。

建筑声学自从 W.C. 赛宾于 1900 年奠定其科学基础算起，不过百年历史。环境声学更是只有半个世纪的"年龄"。然而 20 世纪 60 年代以来，这门学科有了长足的进展。新理论、新方法层出不穷。我国学者在这一领域也做出了不少贡献。我本人从 20 世纪 80 年代初起，便在吴良镛、马大猷院士和张昌龄教授的指导下，从事建筑环境声学的研究。我的博士论文就是关于城市交通噪声预报理论和防噪规划的研究。20 世纪 80 年代末至 90 年代初，我先后在悉尼大学和因斯布鲁克大学继续这方面的研究。回国后，又主持国家自然科学基金《新型声场计算机仿真模型研究》、浙江省自然科学基金《三维声线随机跟踪模型及其在噪声控制中的应用》以及广东省自然科学基金《观演建筑音质响度指标研究》的课题研究。我所指导的几位研究生：葛坚博士、张继萍博士、赵越喆博士和李青梅硕士等，也都从事这方面的研究。这些年来，我本人独立或与奥地利 E.Kittinger 教授以及上述几位研究生合作，在《美国声学学会志》、德国《声学》杂志、英国《应用声学》和《声与振动学报》，以及中国《声学学报》《建筑学报》《环境科学学报》等学刊发表了多篇论文。我们提出或发展了声学虚边界原理及混响场车流噪声预报公式、用模糊集理论评价厅堂音质的方法、音质响度评价新指标及其计算方法、室内声线三维随机跟踪模型、界面声散射仿真与声能散射系数的计算和实验方法，以及室内声场有限元计算方法等具有创新性的成果。正是这些工作，奠定了本书的基础。

为了总结我们在国家自然科学基金及广东省自然科学基金资助下所取得的研究成果，反映室内声学与环境声学学科的新进展，我决定撰写此书。我的学生赵越喆博士应邀协助本书的写作，并承担了本书若干章节的撰写工作。

本书以我们的自然科学基金研究成果为主要内容，但为了较系统、全面地反映室内声学与环境声学学科发展的全貌，便于读者理解和阅读，本书的章节安排顾及逻辑性和循序渐进性，对相关的学科基础理论，也安排一定篇幅予以介绍。对重要公式都尽量给出详细的推导。这在其他同类书籍中往往付诸阙如。本书还较充分地反映了学科的国际前沿动态，诸如声场计算机仿真、数值计算、音质评价、交通噪声预报、统计能量分析、声场可听化以及声波在户外的传播理论等，在本书中都有较清晰和系统的论述与介绍。

本书获国家自然科学基金委员会研究成果专著出版基金的资助，由广东省科技出版社出版。在此，我们对国家自然科学基金委员会和广东科技出版社表示衷心的谢意！

本书由吴硕贤拟定编写大纲，并撰写第一、二、三、八、九、十、十一章，由赵越喆撰写其余各章。全书由吴硕贤审定。由于作者水平有限，书中不当和错误之处在所难免，期待读者不吝指正。

《建筑声学——声源、声场与听众之融合》译后记

　　本书是国际著名建筑声学家安藤四一教授继 1985 年出版《音乐厅声学》（中译本于 1989 年由科学出版社出版）之后的又一力作。

　　安藤四一教授 1939 年生于日本东京，1975 年在早稻田大学获得博士学位之后，又获得德国洪堡奖学金资助，赴德国哥廷根大学第三物理系，与德国著名声学家施罗德教授一道从事音乐厅仿真声场主观优选试验的研究工作。1979 年，任日本神户大学副教授，1995 年升任教授。他曾多次担任国际学术会议的主席、分会主席和特邀报告人，并曾获日本 Iue-Bunka Sho 文化奖和美国建筑师学会荣誉奖。

　　1985 年，安藤四一教授的《音乐厅声学》由纽约斯普林格出版社出版，引起国际建筑声学界的极大关注。美国物理协会会刊《今日物理》和《美国声学学会志》等刊物发表由著名声学家白瑞纳克、马歇尔等人为该书所作的书评。书评者都肯定该书是对厅堂声学的重要贡献，值得厅堂音质的研究者和设计者一读。在该书中，安藤四一提出 4 个独立的厅堂音质评价因子，并将每项因子通过其优选值规范化后加以

注：《建筑声学——声源、声场与听众之融合》，安藤四一（日）著，吴硕贤、赵越喆译，天津大学出版社，2006 年，天津。

计权叠加，给出对厅堂音质总的定量评价。

本书在《音乐厅声学》的基础上，进一步论证声源信号如何与厅堂声场融合的问题，主张客观因子的优选值可以从声源信号的自相关函数中找到内在联系，并进一步通过生理声学研究，试图从人耳听觉与大脑系统中寻找内因。

本书还介绍了他将其理论应用于日本雾岛音乐厅的音质设计的经验。该厅的平面采用类似树叶的形状，具有良好的扩散功能。该厅还在国际上首先采用座位音质选择系统，使听众可以通过聆听仿真声场，依照个人的主观优选来选择最适当的座位。本书译者曾于2005年夏季出席在雾岛音乐厅举办的国际音乐节，亲耳聆听到该厅的出色音质。最后，安藤四一教授基于其对人脑左右半球分工的研究及该研究与时间性、空间性评价因子关系的认识，将其音质评价理论推广至对于人居环境的评价。尽管其丰富的论断尚有待于实践的长期检验，但他的研究无疑拓宽了音质研究的视野，具有里程碑的意义。

目前，随着文化产业的兴起，我国各地大量兴建文化体育设施，建筑声学设计日益受到重视。从本书可以看出，目前国际上对于厅堂音质设计，已从以前主要关注混响时间等单耳时间性指标发展到同时关心双耳空间性指标；不仅关心整个厅堂的声场，而且关心厅堂中各个不同座位区的声场。厅堂音质设计的技术手段也已经包括计算机仿真、缩尺模型试验以及可听化技术等高新技术。建筑声学无论从理论还是技术上均有了长足的进步。相信本书的翻译出版将会有助于我国建筑声学学科的发展，为从事这一领域相关工作的建筑师、室内设计师、声学工程师和有关的大学生、研究生提供一本难得的好读物。

本书由华南理工大学建筑学院吴硕贤院士、赵越喆副教授翻译，其中赵越喆翻译了第1—7章，其余部分由吴硕贤翻译。本书的出版得到天津大学出版社的大力支持。译者在此对天津大学出版社和责任编辑赵宏志先生表示衷心的感谢！

由于译者的水平有限，书中谬误之处在所难免，敬请广大读者批评指正。

《成语新解与杂谈》前言

中华民族是具有悠久历史和文化传统的民族。我们的祖先在历史上创造了辉煌的中华文明,其中一个重要的文明成果即是创造了大量的成语。成语通常只有四个字(当然有的不止四个字),大多言简而意赅。这些成语,体现了汉字的特点,简洁精练,朗朗上口,容易记忆,因此广为流传,历久而弥新。这些成语,有的引自经典名篇,有的源于寓言故事,有的出自民间创造,也有的来自外来宗教和文化。这些成语,记录了先人的智慧,浓缩了深刻的哲理,体现了丰富的阅历,凝练了成败兴衰的经验,也荟萃了许多科学的道理,在在给予人们以深刻的教诲和启示。许多成语已成为我们人生的箴言和座右铭。这些成语中的绝大多数至今仍活跃在我们的语言和文章中,被屡屡引用,使我们从中获益良多。

当然,由于绝大多数成语都是在历史上形成的,因此在科学技术迅猛发展,中西文化广为交流,交通资讯日益发达,新思想、新观念层出不穷的当今,似有必要对一些成语重新加以认识和阐释。这种对

注:《成语新解与杂谈》,吴硕贤著,华南理工大学出版社,2012年,广州。

既有成语的"新解",有的是反其意而用之;有的只是试图从新的角度来加以理解,赋予成语以新的含义,或扩充其内涵;有的则是从某一专业视野出发,着重阐释或挖掘某一成语在某一领域可能具有的特殊功能或含义。

这些成语新解与杂谈,是陆陆续续写成的,可谓是有感而发,是笔者多年来学习和运用成语时所受到的启发和所引发的思考的笔录。我把这些心得体会写出来,目的是与广大读者交流,供广大读者参考,并就教于识者。希望通过对若干成语的重新阐释,能够使古老的成语与时俱进,不断焕发出新的活力。

2012 年 5 月

《成语新解与杂谈》后记

中华文化博大精深，其中一个主要体现就在于广为流传的成语。成语寥寥数字，然而容量宏阔，旨趣恢弘。它凝结智慧，蕴含真理，发人深省，启迪思维，激发灵感。笔者每每面对成语，在获得许多深刻教益的同时，也引发诸多思考。这些成语促成笔者将平日一些对各种事物零散的见解与看法加以串联编织，形成较为明晰、系统的思路。如此，思之所至，信笔书来，年积月累，所写就的"成语新解与杂谈"，不觉已有数十则之多。

这些"成语新解与杂谈"，涉及科技、教育、文学、艺术及对人生之感悟等若干方面。由于笔者的专业是建筑学，尤其是其中的分支学科建筑环境声学，因此本书中有较多篇幅，涉及本人较为熟悉的建筑学、城乡规划学、风景园林学以及建筑声学等相关话题。先严吴秋山长期从事古典文学的教学，他本身也是位作家兼书法家。先慈林得熙也长期担任中学语文教师。笔者自幼受家学之熏陶，承先严之教诲，也熟习古典文学与诗词格律。因此，尽管后来主要从事科学与技

注：《成语新解与杂谈》，吴硕贤著，华南理工大学出版社，2012年，广州。

术工作，但诗词创作与书法练习，仍是毕生之业余爱好。因此，本书中也有涉及对诗词、书法等方面的若干见解。

笔者之所以写成《成语新解与杂谈》，并将之结集出版，目的在于抛砖引玉，令更多的人参与到对传统成语作出新的阐发与解释的工作中来，从各自专业的视角出发，来挖掘与开拓成语所可能具有的新的含义，达到交流思想、普及知识、推进文明的成效。这应该是一件值得倡导的事。倘若经过大家的努力，能使成语进一步发扬光大，焕发新辉，能为成语的发展作出当代的贡献的话，则不负笔者写作此书之初衷。

笔者的夫人朱琴晖女士打印了本书之初稿，谨此致谢！

《吴硕贤诗词选集》前言

我自幼在先严、先慈指点下,学习诗词格律和音韵之学,养成吟诵习惯,自初中开始习作古典诗词以来,数十年间,一直保留此爱好。尽管我后来读的是理工科,主要从事建筑技术科学的教学、科研与工程设计、技术咨询工作,但闲暇之际,写作诗词和练习书法仍是我的主要业余爱好。每当在学术研究与工作中有所感悟,对社会、人生有所思索,在人际交往中萌发情感,或游历城乡名胜时有所触动,便会将这些内心的感悟与体会用诗词记录下来。尽管只是偶尔吟之,每年不过数首,至多十余首,然而日积月累,数量便也相当可观。

我的一些诗词作品,过去也曾出版与发表过。1993年之前的作品,曾于1995年结集《偶吟集》,与先严的诗词选《松风集》合集,一并交由浙江古籍出版社出版。2002年中国建筑工业出版社出版华南理工大学建筑学院七十周年学术丛书时,又曾出版过我的文集《音乐与建筑》。在其附录中,也曾收录《偶吟集》及其后直至2002年间写作的若干与建筑环境相关的诗词作品。此外,台湾的《古今艺文》杂志,

---

注:《吴硕贤诗词选集》,吴硕贤著,中国建筑工业出版社,2013年,北京。

曾分数次较系统地刊载我的诗词作品。其他有些作品，也曾分散地发表于诸多报刊和诗词专辑中。这其中包括《意匠集：中国建筑师诗文选》《清华百年诗集》《韵藻清华——清华百年诗词辑录》《诗词浙大》《金银岛诗词选》《二十世纪中华词苑大观》及《江山多娇·中华旅游诗选》，等等。

光阴似箭，日月如梭，自2002年《音乐与建筑》出版以来，不觉又有十个年头过去了。这十年来，我又陆续创作了不少诗词作品。此次将这些作品荟萃出版，也算是对本人业余诗词创作做一个回顾与总结，敬请广大读者不吝指正。

承蒙中国建筑工业出版社惠允出版拙著，谨此表示诚挚之谢意！

《吴硕贤诗词选集》后记

借编辑出版诗词选之机,我又将选集中总计258首诗词仔细阅读了一番,感触良多!集中所收录的最早的诗作系写于1960年,自那以来,不觉逾半个世纪过去了。细读这依年代为序编排的诗词,不禁又勾起我对往事的回忆。从这些诗词中,可以看出自己人生的大致轨迹,也可检视自己心路的约略历程。"毛诗序"云:"诗者,志之所之也,在心为志,发言为诗,情动于中而形于言"。钟嵘《诗品序》亦言:"气之动物,物之感人,故摇荡性情,形诸舞咏。"回顾自己写作诗词的情况,也大致印证了前贤的这些论述。由于自己一贯是偶尔吟之,因此,尽管所写作的诗词数量并不算多,却也少去命题应酬之作,也免却无病呻吟之嫌。本集中的诗作,多数是由于外界景物情事使自己的内心真正有所感动,或是自己思考自然、社会与人生时有所领悟,方才提笔用诗词表达、记录下来。从这个角度上讲,尽管不敢保证选集中所有诗词的艺术水平有多高,然而它们的确反映出作者当时当地的真情实感和对事物的认识与见解,亦即符合"言为心声"的宗旨。

注:《吴硕贤诗词选集》,吴硕贤著,中国建筑工业出版社,2013年,北京。

在本诗词集的扉页上，附有包堃先生抄录我的诗词时留下的几帧书法作品。包堃先生系我在母校漳州一中读书时的语文教师，与我母亲林得熙同是语文教研室的同事。这些书法作品是他在耄耋之年时所书写的墨宝，十分珍贵。他生前抄录了我的大量诗作，这里仅选登几幅作为留念。

20世纪80年代初，我曾将自己的诗词习作请叶圣陶先生斧正。叶圣老认真地为我的诗词稿作了批注，并复了函。此函在我1995年出版《偶吟集》时，曾代为序言发表过。此次将之作为附录再次发表，以飨读者。

附录中还收入"培养学生对古典诗词的鉴赏能力"及"提倡学一点古典诗词"两篇文章，系我在由中华诗词学会与教育部高等学校文化素质教育指导委员会与中华诗教委员会举办的当代中华诗教理论研讨会和全国诗教经验交流会上的特邀讲演，文中谈及我对古典诗词创作与鉴赏的若干见解。

我夫人朱琴晖打印了全部书稿，谨此表示衷心的谢意！

《吴硕贤书法选集》前言

由于受父母亲的影响，我从小就与诗词、书法结缘。先严吴秋山是诗人、散文家兼书法家，曾出版散文集《茶墅小品》、新诗集《秋山草》和诗词集《松风集》等著作。2013年，由我编选了其书法作品，结集出版《吴秋山书法选集》，由华南理工大学出版社出版。从该书法集，不难看出他书法的功力和成就。我从小就喜欢看父亲写字，无论是隽秀的楷书、奔放的草书，而或是遒劲的行书与端丽的隶书，无不给我以美的享受。因此，我自然而然地喜欢上了书法。自小学起，我就在父母亲的教导与敦促下，从描红着手，自楷书入门，认真练习书法。初中时，也曾花时间临摹颜真卿、柳公权、赵孟頫、褚遂良诸大家的字帖，打下一定的书法基础。

我读初三时，正值党中央号召广大青年向科学技术进军。在那种时代背景下，我也立志要攀登科学技术高峰，为国效力，我的求学志向渐渐转向数理化。因此，从高中起，我就渐渐与书法疏远了，没有更多的时间与精力去练习书法。1965年，我考上清华大学土木建筑系

注：《吴硕贤书法选集》，吴硕贤著，华南理工大学出版社，2014年，广州。

建筑学专业。自那以后，我的主要精力都用在自己的专业上，无暇顾及书法。

20世纪90年代，我在浙江大学任教期间，由于我业余时间一直喜欢写作诗词，也出版了诗词集《偶吟集》，因此，我加入了中华诗词学会和之江诗社，曾担任浙江省诗词学会常务理事与学术部副主任。当时，浙江省诗词学会和之江诗社的同仁，经常组织活动。诗词家中也不乏书法好手，因此，大家常常将自己创作的诗词写成书法条幅，互相切磋、观摩、欣赏。此种氛围，重新燃起我昔日对书法的兴趣。因此，那个时期，我也常常利用业余时间练习书法。1998年，我从浙江大学调到华南理工大学任教。2005年，我当选为中国科学院院士。担任院士以后，请我写字题词的人渐渐多起来，使我感到有练好书法的必要。因此，我利用寒暑假和周末时间，又开始较经常和系统地练习书法。由于精力和时间所限，我主要是练习行书，也较为欣赏米芾、董其昌的字。因此，较多地根据董其昌、米芾的字帖来练习，兼习王羲之、赵孟頫等人的碑帖。皇天不负有心人，经过一段时间的刻苦训练，我的书法水平大有长进，渐渐地熟能生巧，庶几有望综合各家之长，形成自己的风格。

我常将书法比喻为线条的舞蹈，乐于欣赏这种由线条构成的曼妙舞姿。书法中汉字的结构，偏旁部首的组合，笔画的粗细、长短、布局的张弛、疏密，用力的刚柔、断续，毫端起落的位置、相邻笔画所张开的角度以及线条的弧度等等，都必须处于适当的范围乃至具备优选的数值，方能给人以充分的美的享受。这就如同欣赏舞蹈艺术一般。天才的舞蹈家与一般舞者的区别，就在于他（或她）在举手投足之间，其肢体所形成的角度与弧度，其动作与姿势的张弛与柔劲，都必须恰到好处，方能给人以充分的美感，略微偏离其优选度，无论过与不及，都不免让人感到有所缺憾。因此，我认为要成为一名书法家，首先要有高的眼界和鉴赏力，真正懂得欣赏书法之美。唯有如此，方能不断改正自己书写的不足，通过不断地反馈、比较、调整与改善，而臻于至善。

此次承蒙华南理工大学出版社的支持，将我的部分书法作品结集出版，也算是对自己业余书法习作做一个回顾与总结，并可以此就教于方家和广大读者。总之，我的体会是，要做好一件事，无论是专业也好，业余也罢，有两点是很重要的。其一是要有兴趣，能陶醉于其中，享受做这件事过程中的乐趣，而不是过多地受功利或其他动机的驱使；其二是要有要么不做，要做就要努力做到最好的志向和由此产生的恒心与韧性。

2014年1月6日

《吴硕贤文集》前言

广东省土木建筑学会计划为一些专家学者编辑出版论文集，将我也忝列其中，这使我有机会回顾一下这些年来自己的学术研究生涯。

我于1965年考入清华大学土木建筑系建筑学专业。入学不足一年，即逢史无前例的"文化大革命"。我的学业也因此受到影响。尽管后来学校也曾复课闹革命，补授了若干课程，但是我们这几届大学生终归是没有接受完整、系统的本科教育。1970年，我被分配到西安铁路局基建处工作。1974年，又调到南昌铁路局，先后在第二工程段和福州铁路设计所工作。此间，我较系统地自学了结构工程和建筑学专业的一些课程。1978年，教育部恢复招收研究生，我有幸成为"文革"后首批研究生，又返回清华大学攻读建筑技术科学专业建筑声学方向的研究生。当时我的导师是张昌龄教授。我的硕士论文是关于城市住宅小区防噪布局方面的研究。1981年，我获得硕士学位后，又被系里选留攻读博士学位。我在导师吴良镛院士、张昌龄教授指导下，攻读城市规划与设计方面的博士学位。学校又聘请马大猷院士作为我的校外导师，共同指导我从事城市交通噪声预测和防噪规划课题的研究。

注：《吴硕贤文集》，广东省土木建筑学会编，华南理工大学出版社，2016年，广州。

1984年，我获得工学博士学位，成为我国建筑学界首位自己培养的博士学位获得者。

此后，我的学术研究和教学工作，主要围绕建筑环境声学的领域开展，同时也涉及人在建筑环境中的行为、心理及建筑使用后评价方面的研究。从这本论文集的目录中，也可看出我的研究脉络。因此，我将论文集分为上下两篇：上篇是建筑声学，内容涉及交通噪声预报与防噪规划、室内声场计算与仿真、音质设计、测试与评价、民族音乐厅堂音质理论、民族乐器声功率测定、可听化与缩尺模型实验技术以及声景理论等；下篇是建筑理论，主要涵盖建成环境使用后评价、对建筑技术科学与绿色建筑的论述等内容。

2002年，华南理工大学建筑学院在庆祝其七十周年华诞时，曾由中国建筑工业出版社出版一套共计十册的"华南理工大学建筑学术丛书"，其中第九分册是我所著的《音乐与建筑》。该书收集了我此前在报刊上发表的一些文章，包括随笔、散文、游记、科普文章和学术演讲，内容涵盖从建筑学、音乐声学、厅堂声学到有关建筑教育以及城市环境保护等诸多主题，也收入少数几篇研究论文。本论文集则主要收入本人专业研究方面有代表性的论文。已收入前述《音乐与建筑》中的论文就不再收入。

我自从1986年在浙江大学开始担任研究生导师至今，已先后培养出31名博士和18名硕士。我和这些弟子曾合作发表过一些论文。此外，我和其他一些国内外学者，也曾合作发表过若干论文。本文集中，也收入一些我与他人合作发表的论文。

除了专业研究之外，我业余也喜欢习作诗词，也曾出版过诗词集《偶吟集》和《吴硕贤诗词选集》，在《音乐与建筑》一书中，也附有部分诗词作品。本不拟在本文集中附上诗词作品，但省土木建筑学会的领导建议我在附录中附上一些诗词作品。遵嘱我编选了部分诗词习作，除了先前未曾发表过的一些作品外，主要编入与我生平及人伦交往有关的作品，可以藉此约略看出我的人生轨迹。

由于本人水平有限，文集中的谬误和不当之处在所难免。衷心期待读者们不吝赐教，随时指正。

本文集承蒙我的恩师吴良镛院士作序，着实为文集增光添彩，特此鸣谢！

我的学生和助手赵越喆教授与朱小雷教授作为亚热带建筑科学国家重点实验室推荐的编委在本文集编辑出版过程中付出诸多努力，我的夫人朱琴晖打印了文集中多篇文稿，我的博士生李楠在文集编辑过程中给予诸多协助，我女儿吴燕帮助核对英译，在此我表示衷心的谢意！

同时，我愿借此机会，向广东省土木建筑学会和参与资助与编辑此论文集的有关单位和诸位女士、先生，表示诚挚的谢意！

2015 年 11 月

《吴硕贤行书选》前言

　　自2014年由华南理工大学出版社出版了我的书法选集以来，有两个年头过去了。这两年来，我又利用寒暑假和周末闲暇时间，认真、勤奋地练习书法。唐代著名书法家兼书法理论家孙过庭曾说过："通会之际，人书俱老"。我希望，随着年龄的增大，我的书法作品也能够更加成熟、老到。俗话说，熟能生巧，在练习书法过程中，我的确体会到一种积量变而成质变，由琢磨可生顿悟，经研习能获升华的过程，体验到一种破茧化蝶之喜悦。

　　这里我想谈一点对鉴赏书法的体会与看法。我本人的专业是建筑环境声学，其中一项主要研究工作就是音质评价，涉及人们对于声音的主观评价与客观评价及其相互关系。众所周知，人有眼、耳、鼻、舌、身五种感觉器官，分司视、听、嗅、味、触和热湿等感觉。人们常说："爱美之心，人皆有之。"我想补充道："鉴美之力，生而备之。"事实上，人们生而具备对美丑、香臭、甜苦等的感受与鉴别能力，对于何者是使人赏心、悦目、动听的东西，何者是让人厌恶、嫌弃的东西，往往有自然的反应。即从人们对声音的主观反应来说，声音无疑具有审美价值。声音可分为嘉音与噪声两大类。前者包括对美好的音乐、语言和声景的欣赏，后者则是人们所不愿听到、会引起烦扰的声音。

注：《吴硕贤行书选》，吴硕贤著，华南理工大学出版社，2016年，广州。

人们对嘉音的喜好和对于噪声的厌恶往往是本能的反应。即使孺子也懂得区分。其实何止是人类，动物也喜听嘉音而厌恶噪声。研究表明，噪声对动物有重要影响，在噪声的干扰下，动物会失去对行为的控制能力，表现出烦躁不安，举止失常，严重时甚至会导致死亡。例如鸟类，在噪声的干扰下，会产生羽毛脱落、影响产卵率等后果。另有报道说，音乐能使牛多产奶。由听觉的审美推及视觉的审美，可知人与生俱来就懂得区分美丑、辨别妍媸，具备对书法等视觉艺术的鉴赏能力。这种原初、天然、本真的审美能力，我认为是最为宝贵的，是美学理论和审美教育所应当加以强调和保护的。当然，这种本能、原初的审美能力，有待通过教育不断地开发和提高。好的、有益的美学理论和审美评论，应当引导人们在保护这种本真的审美能力的基础上，去提升他们对于具有社会、历史、道德、民族等更高层次审美价值的鉴赏与认识能力，不断开阔其眼界，提升其境界。然而，与此相反，也有一些误人子弟的美学理论与评论，所起到的往往是一种抹煞本真，让人糊涂的作用，真是：你不说我倒明白，你越说我越糊涂。这些理论或者是过于强调作者的地位、身份、权威性或市场价格来作为评价作品审美价值的依据；或者是推波助澜，造成一种潮流与声势，利用许多人容易不自信、跟潮流、人云亦云的从众心理，裹挟人们违心地去接受或"欣赏"本来并不喜欢的东西，使有的人担心自己若表示出不欣赏某些时尚的"权威"评论认为是好的、高级的东西，自己就显得很土、很过时、很不时尚，从而违心地跟着叫好。这种理论或评论，有可能使得不少实际上并无价值、经不起历史考验或违背人们审美天性的作品，得以流行于一时。

总之，我以为在欣赏书法作品时，首先最宝贵的是要依赖自己的眼睛，凭藉自己的心灵去作出独立之判断。要有起码的自信，不要过多地受到别人说三道四的影响。在此基础上，通过对有益理论的学习和接受有益评论的引导，逐渐提升自己的艺术修养和鉴赏水平。对于那些违背、扭曲本真判断的所谓理论和评论，应当保持足够的警惕。

2016 年 1 月 5 日

第三篇 杂文

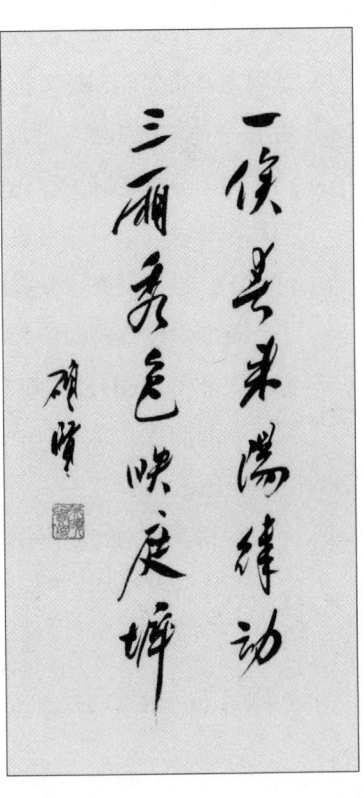

厅堂建筑的声学设计

作为听音场所,歌剧院、音乐厅、戏剧院等厅堂建筑的听音质量是第一重要的,因此必须认真做好建筑声学设计,确保其音质。这些建筑物往往投资巨大,动辄数亿乃至数十亿元,若音质不佳,就会造成资源和经费的极大浪费。1962年,美国林肯中心音乐厅建成时,就是因为音质欠佳,结果推倒重建,直至音质满意为止。这是厅堂建筑史上一个著名的例子。

美国等发达国家在进行厅堂建筑设计时,均要由建筑师、声学顾问和剧场顾问组成联合设计组,从项目立项开始就一道工作,直至项目完工。这是国外厅堂建筑之所以高质量的重要保证。因此,只有明了建筑声学设计的程序和工作内容,学习国际先进经验和惯常做法,方能保证我国的厅堂建筑具有良好的音质。

一般而言,建筑声学设计的工作内容主要包括噪声控制和音质设计两大部分。

根据建筑物的使用功能、等级与投资规模,参照国际或国家规范来确定建筑物室内噪声标准,是噪声控制设计的首要内容。

注:原载《科学时报》2007年10月18日。

通常音乐厅、剧场等厅堂都要求很低的室内背景噪声，因此，这些厅堂的选址很重要，应尽可能远离户外的噪声与振动源。另外，还要进行场地环境噪声与振动调查、测量与仿真预测，目的是为进行厅堂建筑围护结构的隔声设计提供依据，保证厅堂建成后能达到预定的室内噪声标准。

围护结构的隔声设计分为空气声隔声设计及固体声隔声设计两部分，均包括隔声量的计算、隔声材料的选择以及隔声构造设计等内容。除了理论计算以外，经常需要进行隔声构件的实验室或现场测量，来确定其各频带的隔声量。

噪声控制的另一重要内容，就是针对厅堂建筑内部的噪声振动源进行控制。这些噪声振动源包括空调设备、给排水设备、变压器、某些灯光设备、舞台机械设备以及来自相邻房间通过空气及固体传声传入的噪声和振动等，都将对观众厅的安静造成干扰。因此，在建筑方案设计阶段，声学顾问就必须介入，以便审视建筑内部各种房间的平、剖面布置是否合理，尽可能在建筑设计阶段就将可能的噪声振动干扰减至最低。

此外，建筑声学设计的另一个重要任务即是进行室内音质设计。

音质设计通常包括下述工作内容。

一、确定厅堂体型及体量。为看得清楚，听得清晰，各类厅堂都有个长度的限制。厅堂的宽度会涉及早期侧向反射声的组织，与音质的空间感有重要关联。厅堂的高度不仅影响竖向早期反射声的组织，而且影响早后期声能比和混响声能的大小及方向。厅堂的体积和每座容积都直接影响混响时间等音质参数。厅堂的体型更是关系到是否存在回声、颤动回声、声聚焦、声影区等音质缺陷。所有这些，都必须在初步方案设计阶段就提供建筑声学的专业意见。

二、确定音质设计指标及其优选值。根据厅堂的使用功能选择混响时间、明晰度、强度指数、侧向能量因子、双耳互相关系数等音质评价指标，并确定各指标的优选值，是音质设计的重要任务。这些指标及其优选值的选定，将为进一步进行音质参量计算和将来竣工后的音质测试提供目标和依据。

三、对乐池、乐台、包厢、楼座及厅堂各界面进行声学设计。厅堂的平面及各界面的形状、面积、倾角等以及乐池、乐台、包厢、楼座、音乐罩、反射板等都影响声脉冲响应的结构，从而对厅堂音质产生重要影响。因此，是否设楼座、包厢，设几层楼座、包厢，楼座和包厢的深度及开敞度多少为合适，栏板的面积与倾角多大较恰当等等，都属于建筑声学设计的范畴，都需由建筑师与声学顾问共同磋商，加以确定。乐池的形状和开口大小也直接影响乐队声能的输送以及乐队与演员的相互听闻。此外，是否设音乐罩或反射板，设何种形式的音乐罩和反射板等等，也都需要从建筑声学专业的角度提供咨询意见，并给出设计方案。

四、计算厅堂音质参量。当厅堂的平剖面及楼座、包厢、乐池、乐台等设计方案拟定以后，就可开始计算厅堂音质参量。通过音质参量的计算，提供设计反馈信息，以便对设计方案做出必要的修改与调整。这个过程有时需要反复进行多次，以便臻于至善。在此过程中，需要辅以平剖面声线分析、三维声场计算机仿真乃至缩尺模型试验等技术手段，才能做出较准确的预计。

五、进行声学构造设计。厅堂音质除了受前述建筑因素影响之外，还与室内装修材料与构造密切相关。因此，声学顾问还需与装修设计师密切配合，共同完成室内装修设计。声学装修构造设计通常包括各界面材料的选择和绘制构造设计图，需详细规定材料的面密度、表观密度、厚度、穿孔率、孔径、孔距、背后空气层厚度以及龙骨的间距等技术参数。

六、声场计算机仿真。对厅堂建筑进行仔细的声场分析和音质参量计算，有赖于声场三维计算机仿真。从这一点意义上讲，要进行成功的现代厅堂音质设计已离不开计算机仿真的辅助。

七、缩尺模型试验。对于重要的厅堂，除了计算机仿真外，通常还须建立一定缩尺比的厅堂模型，进行缩尺模型声学试验。缩尺模型试验优于计算机仿真之处，在于唯有它能对室内声波动效应做出仿真，而前者仅能在中、高频段，在几何声学的范围内提供较准确的仿真结果。此外，计算机仿真从本质上说是将声学家已知的声学原理输入到计算机中，而缩尺模型则可较客观地展示厅堂中发生的实际声物理现象。目前，华南理工大学建筑声学实验室正在负责对在建的广州歌剧院作1:20的声学缩尺模型试验，以确保该剧院建成后的高水准音质。

八、可听化主观评价。对于重要的厅堂，必要时还可在计算机仿真和缩尺模型试验基础上，应用先进的可听化技术进行主观听音评价。可听化技术是通过仿真计算，或者通过模型试验测量获得双耳脉冲响应，将之与在消声室中录制的音乐或语言"干信号"卷积，输出已加入厅堂影响的声音信号，供受试者预先聆听建成后的厅堂音质效果。这是近年发展起来的建筑声学领域一项高新技术。

九、建筑声学测量。建筑声学测量包括噪声与振动测量，围护构造隔声测量，重要材料与构造的吸声量测量以及厅堂音质参量的测量等。厅堂音质参量测量除了在工程竣工之后进行，以验证声学设计是否达标外，有时还需要在厅堂建筑主体完工，进入内部装修阶段时进行，以便为施工的最后阶段进行必要的设计修改与调整提供科学数据。

十、对电声系统设计提供咨询意见。对于需要安装电声系统的厅堂，建筑声学专家尚需与音响工程师配合，对电声系统的设备选型、设计与安装提供咨询意见。

十一、组织主观评价。对于重要厅堂，在工程落成后，组织专门的演出和主观评价，来检验建成后厅堂音质效果，是建筑声学设计的一个最后的重要环节。为了做好主观评价工作，必须仔细选择节目、演员、乐队以及参与主观评价的人员，才能获得较客观、满意的主观评价结果，对厅堂音质作出鉴定。

建筑：仅满足视觉是不够的

建筑业是我国国民经济的"支柱产业"之一。中国已成为世界上最大的建筑工地，各地已陆续建成并正在兴建大量住宅、公共建筑和其他建筑。同时，城市化进程也大大加速，预计到2012年，我国还将新增300亿m^2建筑。建筑业与民生的居、行直接相关，与衣、食也间接相关，因此，建筑的质量与老百姓的生活息息相关。然而，由于我国过去对包括建筑声学在内的建筑技术科学重视不足，造成许多建筑物功能质量不佳，科技含量不足，声、光、热等建筑物理环境乏善可陈，导致资源和能源的极大浪费。这些问题的解决，有赖于包括建筑声学在内的建筑技术科学学科的发展。

一、建筑也是高科技

建筑是提供人们居住、工作等活动的空间和场所，可以视为生活之容器。从这个意义上说，建筑同汽车、飞船没有什么不同，只不过后者是可以移动的，而前者大多是固定的。人们对于汽车和飞船的设

注：原载《科学时报》2007年9月13日。

计具有高科技含量不会有疑问，而对于建筑设计，却认为没有多少科学技术问题，其实这是一个误解。建筑物堪称是最昂贵的商品或制成品之一。一些剧场、音乐厅、体育场馆、机场等公共建筑，动辄投资几个亿、十几个亿乃至数十亿元。商品房也是百姓购买的最昂贵的商品。建造这么昂贵的产品，怎么可能不涉及科学技术呢？与汽车有高档车、低档车一样，建筑物的品质也有高低之分。欲提高建筑物的质量，同样要解决一系列科学技术问题。

人具有眼、耳、鼻、舌、身五种感觉器官，具有视、听、嗅、味、触和热湿感觉。建筑环境应当综合考虑满足人们上述感官的需求。拿建筑声学来讲，它是研究改善人居听觉环境的科学。过去我国的建筑设计，过多地关注视觉的要求和外观设计，追求"视觉冲击"，而对听觉和其他感受，则关怀不够。这是不对的。

古人都懂得应重视听音环境的质量。在汉语成语中，几乎凡是同时提及耳和目、声和色的，总是耳居先、目居后，声居前、色居次。例如耳目、声色、聪明、耳目一新、耳濡目染等。

二、建筑声学的应用

建筑声学的重要性和应用，表现在以下几个方面。

首先对于像剧院、音乐厅、会议厅、教室、电影院、演播厅等以听音为主的建筑，其听音质量是第一位的。古人对此就很明白，例如繁体字的"厅（廳）"字，就是在广盖头下一个听音的"听"字。古人一向以听事之处为"廷"，因此"廷""庭"等字，其词意也是由声音而来，其发音也与"听"字接近。而我国不少花巨资兴建的剧院、多功能厅、电影院、演播厅、体育馆、机场、候车厅等建筑，从投资上讲，是与国际接轨了，但是从建筑质量来看，却与国际先进水平有不少差距。其中一个原因，就是过于注重外观，而对其中的功能与内在的品质考虑不周，尤其对"听"的功能重视不够。这使得某些昂贵的建筑成了中看不中用的"银样镴枪头"。还有许多教室、讲堂、会议厅，由于未作声学设计，故而语言清晰度不佳。讲者口焦舌燥，听者却不知所云。这已成为影响学校教育质量的重要因素之一。

此外，我国不少音乐艺术院校的琴房、排练厅等建筑，也未做好声学设计，严重影响音乐艺术人才的培育质量。试想想，长期处在音质不佳的环境中培养出来的学生，如何能对声音的美具有高的品味和鉴赏力？

建筑声学的重要应用，还包括建筑物的隔声和隔振设计。对于装备有精密仪器和设备的实验室和制造车间，在隔振方面有高标准的要求。此外，对于住宅、播音室、录音室、会议室、办公室等，在隔音方面也有讲究。我国目前许多住宅、办公室、会议室等建筑，由于未仔细做好隔声设计，往往隔声不良，不仅邻里之间互相干扰，而且声学私密性得不到保障。这方面我国与国际水平差距相当大。如英国规定住户墙体隔声量应大于53dB，楼板隔声量应大于52dB，楼板撞击声声压级应小于61dB。瑞典80%的居民把隔声好作为选择住宅的首要标准。而我国尽管也制定了住宅隔声标准，规定了住宅分户墙与楼板的隔声量应大于等于50dB（一级），住宅楼板撞击声压级不大于65dB（一级），与英国等国相比仍有不少差距，而且在实际中很少严格执行。

建筑声学的重要性还突出表现在城市声环境和声景观的营造方面。古人十分重视对安静环境的追求。老子就说过"清静为天下正"，并强调"守静笃"的重要性。事实表明，安静的人居环境对于促进人们的身心健康、有利于人们作深入的思考和发挥创造性是必要的条件。古人还十分重视声景观的营造。在西湖十景中，就有"柳浪闻莺""南屏晚钟"等声音景点。著名的苏州园林，也有"听松风处""留听阁""听雨轩"等声景观。目前，日本、加拿大、法国等国家都十分重视声景观的营造。而我国在城市规划和建筑设计中，不大注意声环境和声景观的营造，使得人居声环境质量堪忧。具体表现在城市中，未注意区分热闹区、缓冲区和安静区，造成到处几乎是一样的嘈杂。有的城市难以找到几处"静土"。在目前几乎所有城市的环境投诉案例中，噪声振动干扰的投诉总是占到头一位。大家都反映中国人嗓门大，这与环境噪声级过高不无关系。

三、乏善可陈的原因

造成以上人居声音环境质量乏善可陈的原因是多方面的。

首先，我国过去在科学技术的导向上有失偏颇。目前国际上科学技术工作，明显表现出两大趋势：其一是重视对引领未来的前沿科学和高新技术的研究与开发；其二是重视关注现实的与民生息息相关的科学技术的发展。二者不可偏废。过去我国对前者较为重视，在投入、评奖等各方面明显倾斜，相对而言，对后者则重视不够。近年来，中央提出科学发展观，强调科学技术成果应惠及广大人民群众，这无疑是十分正确的。我们应两手抓，两手都要硬。

再者，过去我国的建筑教育，在指导思想上也有所偏差，表现在过于注重建筑艺术，而相对忽略了建筑科学和技术的发展。此外，我国交叉学科的合作研究偏弱。例如，物理学等相关学科的研究人员，似乎也很少关心建筑物理等现实问题的解决。据我所知，国外这方面的交叉研究就开展得很活跃，以建筑声学为例，美国哈佛大学、耶鲁大学、麻省理工学院等就很重视。德国哥廷根大学第三物理系，其主攻研究方向就是音乐厅声学。无数事实表明，研究解决现实中提出的科学技术问题，往往难度最大、意义最重要，而且往往成为原始创新的源头活水。

由于上述原因，造成我国目前包括建筑声学在内的建筑技术科学的研究队伍、单位和实验室与发达国家相比明显偏弱，差距明显。仅以英国为例，其从事与建筑环境声学相关的研究与咨询单位多达286家，而我国则屈指可数、寥寥无几。这与我国13亿人口的泱泱大国地位极不相称。我国建筑声学实验室的总和还不及日本东京地区同类实验室的总和。目前，科技部、教育部已开始意识到这些问题，已在华南理工大学建设我国首个建筑科学重点实验室。我们希望此问题能引起有关方面的进一步重视，推动我国建筑技术科学的进一步发展。因为这件事对于我国建设资源节约型、环境友好型社会至关重要。

论继承与创新

当前,建设创新型国家业已成为全国人民的重大战略任务。各行各业无不将创新摆在重要位置,尤其是科技创新被提到推动经济社会发展的决定性力量的高度。我们理工科大学的师生们更是理所当然地应当努力成为科技创新的生力军。许多研究生的论文,尤其是博士生的论文,都有创新性的要求。在创建创新型国家的热潮中,涌现了一大批创新成果。但是我们也应该看到,目前在学术界也不同程度上存在急于求成、标新立异的浮躁情绪。因此,在这种形势下,有必要认真探讨一下什么是创新?什么是新生事物?创新与继承的关系究竟如何等问题,以期正本清源、求得共识。这对于真正建设创新型国家,具有很大的意义。

所谓创新,顾名思义,就是要创造新生事物。那么,什么是新生事物呢?是否所有新出现的事物都称得上新生事物呢?我想不是。新生事物应当是指有生命力的,能够引领未来前进方向的新事物。古诗云:"江山代有才人出,各领风骚数百年。"新生事物是指那些能

注:原载《华南理工大学学报》(社会科学版)2009 年第 2 期。

够引领风骚，指引潮流的事物。因此，新生事物是必须放到一定的历史时期来加以检验、鉴定的东西，必须能经得起时间的考验。新生事物毫无例外都是从既有的旧事物中生长、变化、发展而来的。新生事物与旧事物相比，应当是既继承了旧事物的一些优点、长处，同时又免除旧事物的若干缺陷、不足，并具有旧事物所不具备的一些新的优点、新的特性的事物。只有优于既有旧事物，有所发展，有所改善，有所前进的新事物，方才堪称是新生事物。

　　这就是新与旧的辩证关系。俗话说"推陈出新"，讲的就是这个道理。新生事物的诞生，也即创新的过程，无非是两种方式，一种是经过量变的积累，而产生质变，也即采取渐变演进的方式；另一种则是采取较为激烈的革命性的突变的方式。但总的说来，尽管创新的程度有所不同，价值有所区别，但以前一种方式居多。质变固然可能是创新，但有时量变也可以是创新，所谓"积跬步以致千里"，就是讲要重视对量变创新的积累。为了能够较清楚地说明上述观点，我想举植物新品种的培育为例。像袁隆平院士那样的育种科学家，他们的创新工作，就在于培育具有优良品质的新品种。并非每次培育出来的新品种，都称得上是新生事物，都是创新，否则那就太容易了。育种专家必须经过长年累月的努力，从既有的品种中加以挑选、设计、杂交、培育，如此培育出来的新品种，也仅有少数品种能既具有旧品种的某些优良基因和性状，同时又呈现出新的优良性状和品质。只有后者才能称得上是新生事物、是创新。袁隆平院士从1964年起就孜孜于研究杂交水稻，直至70年代方才培育出具有优势的南优2号。其间的艰辛可想而知。杂交水稻从野生稻种继承了增产的基因，具有了高产的优势，同时又保有原先水稻的优良品质。后来培养的新品种，亩产可达800公斤，比常规水稻单产增加150公斤以上。如今袁隆平培育的创新品种，已在中国累计推广达60亿亩，并在全球20多个国家和地区示范推广，真正起到了引领潮流的作用。

　　由此可见，新培育出来的品种不见得都是新生事物，都是创新。有时培育出来的新品种，新固新矣，可惜继承了旧品种的缺点、劣势，同时又出现了新的问题和不足，反倒是退化了，反倒不如旧品种。那么这样培育出来的新品种，则应当是加以舍弃、加以淘汰的。从这个例子可以清楚地看出，并非所有的新东西，一定强过旧的东西，并非一切新近出现的事物都是新生事物，都是创新。这个事例同时也告诉我们，创新并非易事，不作艰苦摸索的准备，而企求轻易成功，往往是不切实际的空想。现在有些青年学子，染上一种浮躁的情绪，就是急于求成，一味求新求异，以为只要想点新招，杜撰点新的名词术语来糊弄人，就是创新，把标新立异视同创新，而不顾其所"创造"的所谓新事物，是否比原先既有的事物强。他们以为凡是新的东西，具有陌生感的东西，都是创新。这实在是一种天大的误解。

　　了解"推陈出新"的道理，懂得继承与创新的辩证关系，对于创新事业的发展非常重要。它使我们懂得，新生事物并非无源之水，无本之木，并非空穴来风，无凭无据。它是从旧事物发展变化而来的。它必然是继承了旧事物的许多特性，含有旧事物的若干基因、元素而又有所变异的结果。这就启示我们，创新的基础在于继承，只有在充分了解、深入掌握既有事物的规律性的基础上，才能有所前进，有所提高，有所变化，有所创新。有句成语说得好："熟能生巧"。"巧"就是创新，而"巧"必须以"熟"为前提，舍此并无其他捷径。这方面我想再举若干建筑学和文学史上的创新事例来进一步阐明继承和创新的辩证关系。

　　从观演建筑史可以了解到，古罗马的露天剧场是从古希腊的露天剧场演变而来的。历史上最有名的古希腊露天剧场是建于公元前350年的埃比道拉斯剧场。当时表演区是位于圆形的歌台。随着喜剧的出现，戏剧表演区开始移动到歌坛与景屋之间的舞台上，歌坛慢慢变成乐池。这个过程大约经历了一个世纪。古罗马圆形剧场则是从古希腊露天剧场发展而来。最著名的是建于公元50年的罗马人在法国南部奥朗日修建的剧场。这时，圆形的歌坛已变成半圆形的乐队席，使听众更接近声源。舞台也扩大，并在舞台上方修建斜屋顶。而其他形状则仍然大部分保留古希腊剧场的基本特点。这两个剧场相距400多年。由此可见，建筑的创新是一个长期渐变的过程，是在继承旧的建筑形式优点的基础上，加以"推陈出新"，使之克服了原先旧建筑形式的缺点，具备新的优点的过程。这并非大拆大建所能达到的[1]。

关于建筑的创新还可举出中国古代木结构建筑开间尺寸的演变为例。建筑的开间数在汉代以前有奇数也有偶数，汉代以后多用11以下的奇数。这样便于形成对称性的美感。其正中的一间称为明间（宋代以后称为当心间），其左右侧称为次间，再外的称梢间，最外的称尽间。各间的面阔，在夏、商代的宫殿中都是相等的，至南北朝的石窟中雕刻的建筑还是保持同样的做法。如大同云岗第21窟中的北魏五重塔。后来中部各间相等，仅端部一间减窄。例如，山西太原天龙山北齐第16窟窟廊及五台山唐代佛光寺大殿等皆如此。在宋代建筑遗物和《营造法式》中，各间间阔有相等者；有当心间稍宽，次间较窄者；也有各间不匀的。元代以后的建筑也大体如此，如元代佛教建筑山西洪洞县广胜下寺正殿以及明清时期的故宫太和殿。类似的变化在西洋建筑史中也屡见不鲜。这说明，创新往往采取一种渐变的演进方式进行。同样看出，新生事物是能够起到引领潮流的作用，能够起到在一段历史时期中被人们所乐于效仿、跟进的示范作用，能够被加以推广的事物[2][3]。

再以文学上的创作为例。让我们来考察一下从唐诗到宋词再到元曲的创新演变过程。词又称为"诗余"。词起源于民间，兴于唐，而盛于宋。词起初流行于舞榭歌台、井市阡陌。在其发展过程中，敦煌曲子词曾起到一定的作用。词是应当时在城市中靠演唱为生的歌伎乐工的需要而兴起的。词又称长短句，是一种律化的长短句。所谓"律化"指的是词的句式大部分是律诗的句式。它一方面继承了唐诗平仄格律的特点和对仗押韵的美感，又较唐诗为自由，突破了律绝的五言、七言的限制，许多词还有双调，甚至有三叠四叠词，如《瑞龙吟》《莺啼序》等。此外，词可以换韵。这些新特点都使词较诗更便于与音乐的配合和演唱。

元曲，又被称为"词余"，是于元代兴起的韵文样式。它是在金代"俗谣俚曲"的基础上发展起来的。从形式上看，元曲与宋词也较为相近。元曲曲牌出于词牌者达75种之多。诸如《点绛唇》《风入松》《念奴娇》《鹧鸪天》等等，均用词牌。当时蒙古统治者对于歌舞、戏曲十分喜好。据孟琪《蒙鞑备录》记载："国王出师，亦从女乐随行。率十七八美女，极慧黠，多以十四弦等弹大宫乐。"统治者的偏好，为元曲的兴盛创造了条件。元曲与宋词相比，虽然仍继承了宋词的长短句不拘和仍有音韵格律的规定，但它也有新的特点，例如形成套曲，便于与戏曲配合，增加表现力；又如放宽了平仄不通押的限制，用韵更密，可以另加衬字等，更为自由灵活和接近口语化[4][5]。

以上列举了农业科技、建筑和文学上若干创新的例子，从中可以归纳出以下几个共同特点，并得出若干启示：

首先，创新是一个"推陈出新"的过程，是从既有的旧事物中演变而来。因此，新生事物常含有旧事物的若干合理的基因并继承了旧事物的许多优点，又除却了旧事物的若干不足和缺点，从而形成了新的优点和特色。可以说，出新是一个扬弃的过程，往往不是简单地将既有的旧事物加以抛弃，而另起炉灶的过程。当然不排除有时需要大破大立的革命性变化。

其次，新生事物必须放在一个历史的尺度上加以鉴别、检验与考察，必须经得起时间的考验。新生事物必须是能够引领风骚、指引潮流、具有生命力的，必须是在一段时期内被人们乐于仿效、跟进的事物，而不是昙花一现者。我们常说国内领先、国际领先。所谓领先不是自封的，必须是真正有人跟进，引领潮流才算数。

再者，由于创新必须从继承中来，这就要求我们对既有的事物应当具有深刻的了解，掌握其规律，洞悉其优点和不足，然后有针对性地加以改进，方能有的放矢地加以创新。必须是进得去，出得来，必须熟方能生巧。这就要求我们练好基本功。

最后，由于并非所有新、异的事物都是新生事物，都比既有的旧事物优越，这就要求我们在注重创新的同时，也要注重继承，不要轻易舍弃既有的事物，否则我们不仅不能前进，反倒退化，不仅未收获到珍珠，反而失掉宝贝。这方面，我认为日本做得较好，值得我们学习。日本不仅创造出许多有价值的新生事物，同时又十分注重对传统的继承，保留许多历史上优秀、至今仍起作用、有生命力的传统事物，例如传统文化中的能剧、相扑、和服和许多传统的食品、工艺品，等等。

我国传统文化和科技中也有许多弥足珍贵的东西，例如诗词、书法、国画、传统工艺、民族音乐、民族戏曲以及古代建筑中的许多精华和成果，都值得我们去继承、去弘扬光大，不要在一片求新求异中加以丢弃。

参考文献

[1] 吴硕贤，张三明，葛坚. 建筑声学设计原理［M］. 北京：中国建筑工业出版社，2000.

[2] 刘敦桢. 中国古代建筑史［M］. 北京：中国建筑工业出版社，1980.

[3] 潘谷西. 中国建筑史［M］. 5版. 北京：中国建筑工业出版社，2004.

[4] 席金友. 诗词基本知识［M］. 呼和浩特：内蒙古人民出版社，1980.

[5] 陈载舸. 永恒的民族古典［M］. 广州：广东人民出版社，2005.

我的语文观

我虽然是从事建筑技术科学研究的理工科人士，但从小就与语文结下不解之缘。我父亲吴秋山是长期在高校讲授古典文学的学者，也是诗人、散文家与书法家，其作品曾入选《中国新文学大系》及续编，母亲林得熙也是中学语文教师。受家学之熏陶，我跟父亲学习诗词格律及书法，养成吟诵诗词的习惯。至今，诗词创作与书法仍是我的第一业余爱好。我是中华诗词学会会员，之江诗社及岭南诗社成员，曾担任浙江诗词学会常务理事兼学术部副主任，出版过诗词集。

自然科学与文学是相通的。在一首诗中，我曾用"理纬文经织锦成"来概括我的治学体会，即把治学当作编织锦缎，以理科知识为纬线，以文科学养为经线，理与文两不偏废，交叉编织，相互融会，从而达到文理双美的目的。我之所以能在科学研究和工程设计上做出一点贡献，我想与从小打下良好的语文基础是分不开的。

语言文字是作为社会成员的人们与他人进行信息交流的工具，是表达我们的思维和情感的媒介，其重要性不言而喻。我们是通过聆听

注：原载《语文月刊》2010 年第 1 期。

别人的语言表述（例如教师的讲课）和阅读他人的文字信息而获得知识滋养，成就我们的学业的；同时也正是通过我们的思维（这种思维主要是通过在心中默念的语音流或图像来进行的）来进行创造性的工作，并借助语言和文字来表达我们的想法和情感的。因此，思路清晰，文从字顺，符合语法与逻辑，是每位受过教育的人士必备的基本功。

要想学好语文，一定要多看、多听、多说、多写。古人云："熟读唐诗三百首，不会作诗也会吟"，讲的就是这个道理。过去的私塾教育，让学童先背诵诸如"三字经""千家诗"等范文，并不要求透彻理解其中之含意，先背熟再说，是有道理的。熟能生巧，学生以后可以"温故而知新"，通过反刍来加深领会。因此，熟记一些经典范文，不失为学好语文的一条途径。

愿广大青少年从小重视语文，学好语文。你们将为此一辈子获益无穷。

绿色建筑改善人居环境

——专访中国科学院院士吴硕贤

"绿色建筑是一个古老的话题，也是一个全新的话题"。说它古老，是因为绿色建筑源于人类祖先依赖自然、敬畏自然而选择的一种生存方式和建造方式；言其全新，是因在经历了工业文明的高速发展后，绿色建筑正成为当今应对生态问题、促进节能减排和改善人居环境的重要选择。推进绿色建筑的发展是改善人居环境的重要举措。日前，本刊记者有幸采访了中国科学院院士、华南理工大学教授吴硕贤先生，就中国绿色建筑的发展与人居环境，聆听了他的观点和主张。

生态城市与绿色建筑（以下简称"ECGB"）：2009—2011年，由您牵头，组织我国建筑学领域的多名院士及中青年专家组成了咨询项目组，历时两年多的研究，撰写了关于"推行绿色建筑，促进节能减排，改善人居环境"的报告，您能否简单介绍撰写这个报告的背景和目的？

吴硕贤：中国科学院学部作为我国在科学技术方面的最高咨询机构，始终高度关注国家在经济建设、社会发展、国家安全和科技进步等方面的重大问题，开展咨询评议和战略研究。因此，中国科学院院

注：原载《生态城市与绿色建筑》2011年冬季刊第8期。

士的一项重要职责，就是向中央、国务院和有关部门提交咨询报告，发挥思想库的作用。我本人作为中国科学院技术科学部副主任和学部咨询评议工作委员会委员，深感负有承担咨询项目课题研究的责任。鉴于推行绿色建筑在促进节能减排和改善人居环境方面的重大意义，故此，由我主持，并征得科学院与工程院多位建筑领域院士以及建筑领域中青年专家的意见，决定于 2009 年 5 月向中科院技术科学部提出咨询评议项目立项申请。技术科学部以及咨询评议工作委员会很快就批准了此项目的立项，成立了课题组。经过近两年的研究，完成了"推行绿色建筑，促进节能减排，改善人居环境"的报告。2011 年，该项目报告作为中国科学院文件（科发学部字〔2011〕89 号文），由白春礼院长签发，上报国务院。该报告获温家宝总理、李克强副总理及刘延东国务委员的高度重视，分别作出批示。不久前，国家发改委还就"推行绿色建筑行动方案"征求了本咨询项目组成员的意见。

ECGB：您对我国这几年绿色建筑的发展有何评价？

吴硕贤：近年来绿色建筑的理念已渐次深入人心。中央高层和发改委、住建部领导以及不少地方政府对于推行绿色建筑已十分重视。国家发改委正在制订"绿色建筑行动方案"，许多相关工作正在逐步深入地推进。但总的说来，绿色建筑行动在各地的推进尚不平衡。不少负责建设工作的领导以及许多规划师、建筑师仍习惯于沿既有轨道行动；大量建筑工程的规划、设计、评审、施工及管理仍是基本上按旧有的模式运行。建筑学、城乡规划学的教学与人才培养也还未有大的改革举措，来适应与满足推行绿色建筑的需求；相关的科学研究与技术开发仍十分薄弱。同时，相关的政策和激励措施仍不配套，等等。这方面的工作可以说仍是任重而道远。

ECGB：您为何建议制定不同级别的绿色建筑标准？您认为目前正在执行的国家绿色建筑评价标准有何不足？现已由中国建科院牵头研究修改国家绿色建筑评价标准，您对此标准的修改有何建议和希望？

吴硕贤：绿色建筑的内涵与外延十分宽广，涵盖基本建设与人居环境建设的方方面面，是一个复杂的系统工程。因此，要实现普及绿色建筑的终极目标也必须经历一个循序渐进、逐步推进的过程。同时由于绿色建筑标准涉及许多方面，要十分严格地同时满足多方面的标准，实属不易。而且，目前我们对于绿色建筑的许多科学研究和技术开发仍很薄弱，对绿色建筑的科学评价，也必须经历一个逐步深化认识的过程。再说，推行绿色建筑还涉及经济因素的考量。因此，我们认为应分别不同情况制定不同类别与等级的绿色建筑标准。例如，对于公共建筑、居住建筑或者新建建筑与既有建筑改造，可分门别类制定有区别的标准。对于仅在若干方面达标的准绿色建筑，也应予以肯定和鼓励。在制定我国绿色建筑标准时，一是要借鉴但不要照抄发达国家的标准；二是要总结并推广适宜我国国情的技术与措施；三是要有前期科学研究成果作为依据；四是颁布后仍要不断及时地加以修订。

ECGB：您在报告中建议"发展绿色社区，绿色乡村，绿色城市，大力研究绿色城乡规划理论……"这与当前国内所流行的生态社区、生态城市、生态城规划在概念上和技术方法上有何不同？

吴硕贤：绿色社区、绿色城乡与生态社区、生态城乡的理念异曲而同工，从本质上说应该是一致的或相近的。目前类似的概念不少，假以时日，通过学术界的研究与讨论,此类术语可望进一步规范与统一。

ECGB：您在报告中认为"公共财政对绿色建筑支持力度不够"，您能否谈谈公共财政应从哪些方面积极支持绿色建筑的发展和推广？

吴硕贤：例如要研究出台对绿色建筑的财政补贴，包括研究鼓励推行光伏建筑一体化的补贴措施，改变目前光伏产品大量出口的局面。此外，要出台鼓励发展节能服务公司的政策措施，促进我国建筑节能服务产业的发展,推行合同能源管理以及研究实行碳交易等相关政策。

ECGB：建筑业是一个关联度很高的产业链。您认为我国在绿色建筑产业发展方面存在着哪些问题？推动其相关联的产业快速形成规模化的关键是什么？

吴硕贤：与绿色建筑产业相关的行业很多，例如与建筑标准化与工业化相关的产业，与节能建筑构件相关的产业，与节水和雨水、中水的收集与利用相关的产业，光伏与建筑一体化的产业，与天然采光器具与构件相关的产业，与垃圾处理和建筑废弃物再生利用相关的产业以及与建筑智能化、物联网等相关的产业，等等。发展与绿色建筑相关的产业链，首先是要明确地将绿色建筑列入战略性新兴产业予以高度重视，要认识到这一产业在节能减排、拉动经济增长、改善民生、提供就业等方面的巨大潜力；其次，要建立和发展相关的科研机构、实验室与企业，开展科研与技术开发的工作；要改革有关专业的教育与教学体制，设置新的专业，以培养这一领域的人才；还要研究和出台激励政策和措施。

ECGB：声环境是人居环境的重要方面之一，您认为在现行的城市规划体系中，可以通过哪些内容和指标有效地控制城市噪声？

吴硕贤：城市噪声污染是人居环境的主要污染之一，在各地的环境污染投诉中一直高居首位。控制噪声是一项长期艰巨的任务。要改善人居声环境，首先城市规划人员要有环境声学与建筑声学方面的知识和训练，要将声环境规划列入城市规划的必要内容之一。在城市规划中，要注意安排安静区与缓冲区，使之与喧闹区形成声学上的梯度，不能到处一样吵。此外，要研究和推广城市噪声地图，使居民了解各地的噪声污染水平和安静程度。最后，要依靠专家，采取必要、有效的隔声、吸声、降噪和振动控制技术来降低噪声与振动干扰。

ECGB：您长期从事教育和实践工作，并从1990年代开始就呼吁应高度重视建筑学科在可持续发展战略下的学科发展方向。您认为中国的建筑与规划院校应该如何加强在生态城市规划和绿色建筑方面的基础理论教育及专业知识教育？高等院校如何为绿色建筑事业提供更有力的科技支撑？

吴硕贤：钱学森先生早就提出要迅速建立建筑科学这一现代科学技术大部门的建议。吴良镛院士也竭力倡导建立人居环境科学，主张要扩大建筑学的研究领域，要以融贯、综合的视野加强建筑学、城乡规划学、风景园林学与相关学科的交叉。这些高瞻远瞩的建议，对于推进生态城市和绿色建筑事业至关重要。建筑学具有科学与艺术双重特性，但过去我国的建筑教育过于重视艺术和形式，而相对忽视科学与功能。这一倾向至今仍未能从根本上加以扭转。目前，科技部在华南理工大学设立首个建筑科学国家重点实验室。在清华大学、同济大学、东南大学和重庆大学也设立教育部重点实验室，使这一倾向逐步有所扭转，但还不够。在建筑学、城乡规划学的教学与人才培养中还须进一步加强与生态城市和绿色建筑相关的课程教学，使所培养的规划师、建筑师扩大知识面，具备一定的科技素养，能够与其他专业的专家沟通、合作。同时，这一领域的科学研究，要强调以解决问题为出发点和目标。因为实际问题是不分学科的，要真正解决问题，自然就必须多学科交叉，协力攻关。这样，高校自然就能为绿色建筑事业提供更有力的科技支撑。

应将建筑科学列入国家科技发展重点领域

建筑业是一个十分重要的领域。建筑业事关国计民生。人们的衣食住行四件大事，都直接或间接与建筑业相关。目前，我国城市化率已从 1990 年的 26.4% 上升至 2008 年底的 45.7%，预计到 2020 年将达到 60%。到 2015 年，中国建筑竣工面积将是全世界的一半。因此，建设小康社会的首要任务之一就是要搞好建筑业。

建筑物是资源与能源的固化物。世界上大约 50% 的资源用于建筑物，所产生的固体废弃物的 50% 也来自建筑物。建筑使用能耗已占社会总能耗约 1/4，而且相当大份额的工业与交通运输能耗，例如建材工业与冶金工业，包括钢铁、水泥、玻璃、砖石等的生产与运输能耗等，最终绝大部分都固化在建筑物中。因此，与建筑业相关的总能耗将高达 46.7%。二氧化碳的排放也有 40% 来自建筑。

建筑业还是占地大户。截至 2008 年底，我国城市住宅面积近 200 亿 ㎡，农村住宅面积近 270 亿 ㎡。今后我国每年还将新建建筑面积达 20 亿 ㎡。因此，要贯彻落实可持续发展战略，建设资源节约型、环境友好型社会，建筑业无疑是关键领域。我国要实现节能减排的目标，若建筑业不作为，则至少是半句空话。正由于建筑业在可持续发展、节能减排和拉动经

注：原载《科技导报》2011 年第 29 卷第 11 期。

济方面具有举足轻重的地位，因此，目前发达国家都将建筑业列入实现低碳经济、促进节能减排、克服金融危机的重点领域。

综上所述，无论从哪一方面看，建筑业都是一个大西瓜，而不是小芝麻。因此，建筑业理应成为中国基础研究关注的重要领域之一，理应成为科学技术重点支撑的行业之一，理应成为科技投入的重点方向之一。然而令人遗憾的是，建筑业尤其是其中的主干学科——建筑学与城市规划学科，却长期为中国基础研究所忽略，成为中国重大科技计划未曾光顾的盲区，直至2007年国家科技部才在华南理工大学设立中国首个建筑科学的国家重点实验室。由于我国过去对发展建筑科学重视不足，以致建筑技术科学方面的国家标准、规范的制订，绝大多数直接套用国际标准，缺乏自主研究。

长期以来，我国城乡住区建设一直囿于建筑学、土木工程、城市规划、园林景观等少数学科专业领域，由建筑师、规划师起主导作用，而我国传统建筑学与城市规划学科，偏重于美学和艺术方面的培养与训练，过于注重形式艺术，而忽略科学技术，缺乏与相关学科，如物理学、化学、数学、生物学、生态学、医学、环境学、社会学等的交叉与协同攻关。城市是一个复杂巨系统，其中的科学技术问题很多，单靠建筑学、规划学等传统学科是无法解决的，亟待加强基础研究和开展技术攻关，从宏观的战略视野，以综合融贯的思维，组织多学科交叉协同研究才能解决。

建议在制订中国科技规划、设立重点实验室及科研机构时，既要注重传统学科领域，更要注重边缘、交叉学科领域，尤其要注重设立针对重大实际问题和重大需求的多学科研究平台。

建筑学、城市规划学与园林景观学正在拓宽成为人居环境科学，应当把建筑领域列入国家科技发展的重点领域之一，高度重视对建筑科学技术的投入，增设建筑科学国家重点实验室，鼓励其他学科的科技人员进入建筑领域从事跨学科的科学研究和技术攻关。国家尤其应把推行绿色建筑、研发低碳住宅作为发展低碳和绿色循环经济的重要领域，以期引领下一轮全球的科技发展与经济振兴。

建设建筑科学重点实验室的必要性

当今世界上有两门学科与人类的健康最密切相关。一个是医学科学，它涉及人类身体内部的健康；另一个是建筑科学，或就其广义而言，即人居环境科学。它是构筑最接近人体的人类栖居环境，从外部来保障人类的身心健康。因此，从这个意义上说，医学科学与建筑科学是最重要的民生科学。重视这两门科学，自然也就最能体现科学技术"以人为本"的宗旨，最能体现使科技成果惠及人民大众的根本出发点与目的。由此也就不难明白，为什么必须强调发展建筑科学的必要性与重要性。

建筑是生活之容器。我们的城乡环境如何，我们所居住、生活的建筑空间的布局及其品质如何，对于形成人们的生活方式和决定生活质量具有至关重要的作用。这里指的生活方式，是广义的生活方式，包括工作、劳动、学习、休憩、旅游等生活形态。关于这一点，著名建筑师贝聿铭先生曾经说过："建筑的目的是提升生活，而不仅仅是空间被欣赏的物体而已，如果将建筑简化到如此就太肤浅了。建筑必须融入人类活动，并提升这种活动的品质。"

注：原载《南方建筑》2011年第5期。

建筑科学的研究对象是人类居住环境，涉及城乡规划学、建筑学与风景园林学三门主干一级学科，以及与之相关的土木工程学、环境科学、交通工程学、物理学、化学、信息科学与社会学等等，充分体现了学科交叉与知识综合的特点。这是由于城市是一个复杂巨系统，人类的居住环境涉及方方面面的问题，而这些实际问题往往是不分学科的，欲解决它，往往需要多学科、跨领域的合作研究、协同攻关，方能予以解决。

本文还要着重指出的是，由于城乡建筑面大量广，因此，与建筑业相关的能源和资源的耗费与土地的占用都非常巨大。目前，我们城乡建筑面积达数百亿平方米，建筑运行能耗已占我国总能耗大约25%，若加上建筑材料工业与运输的能耗，包括钢铁、水泥、玻璃、砖石等建材的生产与加工、运输的能耗（这些能耗经常是统计在工业能耗之中，但其终端用户主要是在建筑业），则与建筑业相关的能耗将达到46%，与建筑业相关的二氧化碳排放也达到40%。而且，人类所利用的资源的50%是用于建筑业，所产生的固体废弃物的50%也是来自建筑业。由此看来，建筑业占到节能减排和资源消耗的半壁江山。因此，如果不注重建筑科学的研究，不注重建筑业四节一环保的科技创新，则我国欲实现节能减排的任务，至少是半句空话。可见，建筑科学是实现人类可持续发展的关键领域。

建筑科学如此重要，但为什么社会上不少人对此却缺乏正确的认识，误认为城市规划与建筑设计主要是视觉形象设计，是艺术创作，没有什么科技含量可言呢？为什么许多领导和外行，不敢轻易对飞机、舰艇等设计方案指手画脚，却敢于对城市规划与建筑设计方案指手画脚，乃至拍板决定呢？可见在他们的心目中，城市规划与建筑设计的科技含量不多，量化指标有限，似乎是可以任人打扮的女孩子。其实这真是天大的误会。造成这一错误偏见的原因很多，但与过去一段时间我国的建筑教育过于偏重艺术训练，对科学技术有所忽视，我国的城市规划师与建筑师作规划与设计时，过于注重视觉形象和外在形式，而对功能与品质则有所忽略不无关系。

所幸，目前的形势已有很大的改观。随着全社会对节能减排和民生科技越来越重视，随着全球对绿色建筑与低碳、宜居城乡的诉求日益迫切，对建筑科学技术的关注度也越来越高，建设建筑科学重点实验室也逐渐提上了议事日程。

2007年，科技部决定在华南理工大学建设我国建筑科学领域首个国家重点实验室。目前，该国家重点实验室已通过建设验收，正式挂牌成立。此后，在重庆大学、同济大学、清华大学与东南大学也先后建立"山地城镇建设与新技术""高密度人居环境生态与节能""城乡生态规划与绿色建筑"及"城市与建筑遗产保护"等教育部重点实验室。若干新的与建筑科学相关的国家重点实验室也正在筹划论证之中。

"工欲善其事，必先利其器"。相信越来越多的建筑科学重点实验室的建立，必将激发起广大建筑领域的工程与科学技术人员从事科学研究的积极性，也必将吸引其他相关领域的科技工作者到人居环境科学领域来大显身手，合力研究。如此，我国的城乡规划与建筑设计的质量、水准和科技含量必将大大提高，全国人民所迫切期待的四节一环保、宜居、健康、生态与可持续发展的城乡栖居环境的梦想庶几可以实现。

建筑业的基础研究与产业振兴

一、建筑业是节能减排的关键领域

建筑业是一个十分重要的领域。建筑业事关国计民生。人们的衣食住行四件大事,住行直接与建筑业相关,衣食也间接与建筑业相关。俗话说:安居乐业。安居才能乐业。目前,我国城市化进程大大加快,城市化率已从 1990 年的 26.4%,上升至 2008 年底的 45.7%,预计到 2020 年将达到 60%。据世界银行预测,到 2015 年,中国建筑竣工面积将是全世界的一半,从 2000 年开始的 15 年间,我国城市建筑面积将翻一番。因此,建设小康社会的首要任务之一就是要搞好建筑业。

建筑物是资源与能源的固化物。建筑业是资源、能源最大的终端用户。世界上大约 50% 的资源用于建筑业,所产生的固体废弃物的 50% 也来自建筑业。建筑运行能耗已占社会总能耗的 25%,而且相当大份额的工业与交通运输能耗,也与建筑业密切关联。例如建筑材料工业与冶金工业,包括钢铁、水泥、玻璃、砖石等的生产与运输能耗等,最终绝大部分都固化在建筑物中。若加上这部分能耗,则建筑业的总

注:原载《第十一届全国建筑物理学术会议论文集——建筑、节能与物理环境》,中国建筑学会建筑物理分会、内蒙古工业大学建筑学院编,中国建筑工业出版社,2012 年,北京。

能耗将高达46.7%。在二氧化碳的排放量中，也有40%来自建筑。可见，建筑业占据节能减排的近半壁江山。

建筑节能是所有节能减排措施中最具有经济效益的措施。据政府间气候变化专门委员会的最新报告指出："最具经济效益的措施往往是提升用户的能源效率，而不是增加能源供应来满足需求。"在中国，提供1兆瓦新增电力的发电费用，至少相当于通过改善能效节省1兆瓦电力费用的4倍。麦肯锡全球节能的一项研究指出，降低温室气体排放最具成本效益的五项措施中，建筑物的节能措施就占了四项，包括建筑物的隔热系统、照明系统、空调系统及热水系统。实践证明，建筑物只要节能设计合理，只需投入少量甚至零成本便可轻易取得50%～60%的节能效果。加上建筑物的使用寿命远比其他工业产品长，其节能效果也更加持久和深远。

建筑业还是占地大户。目前我国已成为世界上最大的建筑工地。仅以住宅面积为例，截至2008年，我国城镇和村镇的房屋建筑面积已达530多亿㎡，其中，城镇住宅面积近200亿㎡，村镇住宅面积近270亿㎡。今后我国每年还将新建建筑面积达20亿㎡。因此，我国要贯彻落实可持续发展战略，建设资源节约型、环境友好型社会，建筑业无疑是关键领域。我国要实现节能减排的目标，若建筑业不作为，则至少是半句空话。

建筑业是国民经济四大支柱产业之一。建筑业的耗资和产值巨大。许多大型公共建筑，投资动辄数亿、数十亿元，如央视大楼，投资50亿；广州白云国际会议中心，投资近40亿。相比我国载人航天计划，也不过投资14亿元，仅相当于广州大剧院一栋建筑物的投资，由此可见一斑。目前，我国房地产产业在GDP中的比重已接近10%。2007年底与2008年底，全国房地产开发投资额都达到2.5万亿元规模，更遑论其他建筑的投资，所占比例更高。而且建筑业能带动的上下游相关产业众多，包括交通运输、建材、冶金、化工、轻工、机械、电子与纺织等50多个行业。据国家统计局投入产出模型计算，在中国，100亿元的房地产投资，可带动国民经济各部门产出286亿元的产值。

正由于建筑业在可持续发展、节能减排和拉动经济方面具有举足轻重的地位，因此，目前发达国家都将建筑业列入实现低碳经济、绿色经济，促进节能减排，克服金融危机的重点领域，将之列入战略性新兴产业予以高度重视。

2009年1月25日，美国白宫发布《经济振兴计划进度报告》，强调2009年要对200万所美国住宅和75%的联邦建筑物进行翻新，提高其节能水平，将建筑节能改造作为美国克服金融危机、振兴经济的重大举措。美国前副总统戈尔，也在2008年11月9日《纽约时报》上发表文章，提出"要动员全国力量大规模改进建筑物的隔热性能，包括窗户的密封性能和室内照明等，以达到节能效果。"他指出"在美国，大约40%的二氧化碳排放量是由建筑物的能耗引起的，同时节能减排又可为居民及企业节省开支。"最近，美国的两家非党派智库机构：美国进步研究中心与能源未来联盟合作制定了题为《重建美国——一个投资节能改造的政策框架》的报告。报告建议美国的节能战略必须包括改造现有建筑。报告建议依靠市场的驱动，在全美范围内发起一场大规模的改建运动，争取到2020年重建5000万座建筑物。由此可以有效节能20%～40%，且在房屋节能改造上每投入100万美元，能直接创造12个全职工作岗位。报告指出如今建筑物的用电量已占全美用电总量的70%，其温室气体排放量占全美温室气体排放总量的40%。报告详细分析了美国如何通过改造现有建筑来有效减少浪费和污染。报告认为"重建美国"将以较低的代价为美国的节能目标作出重要贡献，使美国能完成新一轮气候变化议案中所规划的目标，还能为消费者节省能源开支，并创造大量就业机会，帮助美国走出经济衰退。近年，克林顿基金会也宣布将通过全球最大的几家银行提供50亿美元贷款，以资助提升能源效益的建筑物改造项目。

2009年2月，英国政府发布"节热节能战略"草案，计划让英国已建住房到2050年前实现"零碳排放"，并建议改动建筑法案，增加节能措施，将推行绿色建筑作为达到英国节能减排目标的重大举措。

目前，全世界建筑物达3000亿㎡，随着低碳经济、绿色经济的推行，建筑物的节能改造和品质提升必然或迟或早会在全球铺开，由此将形成新的产业热点和推动经济的重大抓手，形成巨大的市场。对此，我国应及早引起足够的重视，以期占据先机和主动。

二、我国推行绿色建筑，促进建筑业节能减排的政策措施

绿色建筑定义为"在建筑的全寿命周期内，最大限度地节约资源（节能、节地、节水、节材），保护环境和减少污染，为人们提供健康、适用和高效的适用空间，与自然和谐共生的建筑"。绿色建筑由于其对节能、减排、改善人居环境和振兴经济的巨大价值，得到世界范围的空前重视，成为世界建筑业发展的总趋势。

推行绿色建筑，应当关注绿化、节水、节能、减排和改善室内环境（包括改善室内空气品质与室内热、声、光物理环境），节地、关注城市生态建设与生物多样性以及重视污水和垃圾处理等要点。其中，在建筑节能领域，应当主要从建筑围护结构的热工性能设计、空调与采暖设备的节能设计以及照明采光节能设计三种途径入手。建筑节能应当明确区分公共建筑节能与住宅建筑节能两个方面。在着重做好新建筑节能设计的同时，积极推进对既有不节能建筑的节能改造，并提升其环境品质。

目前，我国在推行绿色建筑、建筑节能以及既有建筑节能改造方面也做了大量工作，制定了绿色建筑评价标准，发布了《节能中长期专项规划》，制定了全国性的公共建筑节能设计标准，并先后于2001年和2003年，为夏热冬冷地区与夏热冬暖地区分别制定了住宅节能标准。但总的说来，目前我国在推行绿色建筑和建筑节能方面，仍处于初级阶段，所取得的实际节能成效很不理想。住建部于2005年在华北进行的调查表明，虽然有87.5%以上的建筑物在设计上符合节能要求，但只有不到49%的建筑物能通过验收测试。我国政府估计1996年以来，只有大约20%的建筑工程符合已制定的能源标准。但据世界可持续发展工商理事会估计，中国只有10%的建筑符合国家能源要求。麦肯锡全球研究院2007年5月的全球能源需求增长研究报告指出，中国建筑物节能标准，远低于全球标准。

此外，目前在我国，尚未实施绿色建筑标识体系，未有效组建与推广能源服务公司；未颁布与实施类似日本的《房屋品质保证法》，组建独立的建筑品质检测与验收机构；未普遍实施建筑物分项能耗计量。再者，由于过去未重视建筑科学的研究，缺乏这一领域的科研和技术开发机构以及实验室，相关人才的培养也相当缺乏。上述种种原因，导致我国绿色建筑事业和建筑节能产业未能得到卓有成效的推行，与发达国家相比存在很大的差距。

发达国家的经验表明，实施节能设计可为新建筑节省20%～70%的能源，而能源管理也可节约10%～30%的能耗。实施既有建筑物翻新或改善工程，可进一步节省15%～35%的能源，还可提升建筑物的功能品质，改善人居环境，惠及民生。德国经验表明，既有房子每年每平方米的采暖空调平均能耗为220千瓦时，而做好被动式节能设计的建筑平均耗电才15千瓦时。我国现有建筑的能效比发达国家差距甚大，单位面积能耗是发达国家同等水平的2～3倍。因此，实施建筑节能改造，可节约的能源潜力还要大得多。通常最基本的既有建筑改造工程包括更新暖通空调系统与照明采光系统，增加门窗的气密性和隔热性能，以及增设遮阳装置等。

发达国家的经验还表明，建立建筑物品质和能效认证与绿色建筑评价体系至关重要。目前，日本、新加坡、韩国及中国香港地区等，均已实施建筑能源性能评估和标识计划。欧盟早在2003年就已发布《欧盟建筑能源性能指令》，规定所有建筑工程都必须通过能源性能认证。欧盟要求各成员国必须在2009年全面实施该指令。作为全球建筑量最大的中国，理应在实施绿色建筑标识体系以及建筑节能性能评估和房屋性能标识计划方面，尽快迈出实质性的步伐。

发达国家的经验还表明，利用经济奖励和财政援助杠杆，可有效推进绿色建筑和建筑节能事业的发展。通常所实施的政策包括投资补贴、低息或无息贷款、减税或抵税等措施。我国也应当尽快出台并完善鼓励节能建筑的经济奖励和财政援助政策。我国还应当重视太阳能、风能、生物质能与地热能等可再生能源或洁净能源在建筑中的应用。应当大力增强在这一领域开展科学研究和技术开发的力度。

三、建筑科学理应成为基础研究和科技投入的重点领域

综上所述，无论从哪一方面看，建筑业都是一个大西瓜，而不是小芝麻。因此，建筑业理应成为我国基础研究重点关注的领域之一，理应成为科学技术重点支撑的行业之一，理应成为科技投入的重点方向之一。忽视建筑业，无疑是丢了西瓜。然而令人遗憾的是，事实并非如此。建筑业，尤其是其中的主干学科——建筑学与城市规划学科，却长期成为我国基础研究忽略的学科领域，成为我国重大科技计划未曾光顾的盲区。在我国发布的重大科技领域中，找不到建筑这个关键词。在教育部设立的科技委中，至今未设建筑学与城市规划的科技委。直至2007年，科技部才在华南理工大学设立我国首个建筑科学的国家重点实验室。早在中华人民共和国成立初期，我国就设立国家级的建筑科学研究院，并在各省、市设立建筑科学研究所。当时我国的建筑无论从总量、类型以及复杂程度上讲都远远不能与今日相比。20世纪50年代我国规模最大的一次公共建筑建设行动当推1959年北京十大建筑的兴建。由于当时对建筑科学研究相对比较重视，因此，科学研究和技术支撑有力地保证了当时建筑物的功能和质量。今天，我国城市化率已从1978年的18%发展到46%。我国的建筑规模已接近世界的一半，成为世界上最大的建筑工地。然而，我国的建筑科学却未能相应发展，为建筑业提供强大的科技支撑。目前，上述这些科研院所均全部改制，改为由国资委系统管理，改为企业化。从给固有资产保值增值的角度看，无疑是有成绩的，然而却使建筑科学方面的基础研究、应用基础研究和社会公益性研究长期停滞。我国建筑科学的实验室严重不足，以致难以完成制定标准所必须在多家类似实验室进行重复性与可靠性实验验证的工作，使得我国建筑技术科学方面的国家标准、规范的制定，绝大多数直接套用国际标准，缺乏立足国情的自主研究。正是由于提供科技支撑的建筑科学未能得到相应的发展，造成我国这些年来迅猛发展的建筑业，尽管规模大、速度快，却呈现出低水平、粗犷型的发展模式，造成目前我国大量建筑物功能质量差、寿命短、能源和资源浪费严重，大量标志性重点工程不得不请国外公司设计和咨询的局面。

长期以来，我国城乡住区建设一直囿于建筑学、土木工程、城

市规划、园林景观及地理学等少数学科专业领域，由建筑师、规划师起主导作用。而我国传统建筑学与城市规划学科，过于偏重于美学和艺术方面的培养与训练，过于注重形式艺术，而忽略科学技术，缺乏与相关学科，如物理学、化学、数学、生物学、生态学、医学、环境学、社会学等的交叉与协同攻关。而上述相关学科的专家与科研人员也很少涉足建筑领域，造成城乡建设领域问题多多，且长期未获得妥善解决。尤其城市是一个复杂巨系统，其中的科学技术问题很多，亟待加强基础研究和开展技术攻关予以解决。目前，我国城市与建筑领域普遍存在的能耗高、功能质量差、占地大、资源消耗大、室内外环境品质不佳、污染严重、交通拥堵、热岛效应加剧等弊病，单靠建筑学、规划学等传统学科是无法解决的，迫切需要从宏观的战略视野，以综合融贯的思维，组织多学科交叉协同攻关来研究解决，迫切需要加大建筑与城市科学基础研究的力度，迫切需要科学技术的引领和支撑。

我国著名科学家钱学森早在1985年就曾提出建立城市学的建议。1996年又提出"要迅速建立'建筑科学'这一现代科学技术大部门"，"用建筑科学来建立21世纪社会主义中国人居环境"的建议。可惜他的呼吁并未引起足够重视。从国际上看，城市与建筑领域一直是吸引众多从事基础研究的科学家关注的研究领域之一，也是获得较多科学技术经费投入的领域之一。例如，美国伯克利劳伦斯国家实验室，其主要研究领域之一就涉及建筑的热工学与节能。在日本筑波科学城，有近百名科技人员的建筑科学研究所，是科学城的主要研究所之一。在德国，著名的弗朗霍夫建筑物理研究所，也集中百余人的科研人员，从事建筑热工学、建筑声学、建筑光学和室内空气品质方面的研究，还有更多的科研人员，研究与建筑业密切相关的光伏技术。

作为美国物理协会支柱学会之一的美国声学学会，即以建筑声学作为其研究的主攻方向之一。美国声学学会前主席、著名物理学家、美国总统科技奖得主白瑞纳克教授，就是一位建筑声学家。德国哥廷根大学第三物理系，也以建筑声学作为其主要研究领域。耶鲁大学建筑系教授，被誉为"当代最伟大的剧场专家"的伊泽诺尔，就是从事舞台电气、灯光照明和剧场声学研究的物理学家。在美国、日本、澳大利亚、奥地利等国的建筑学院中，不乏计算机科学家、物理学家、数学家等担任教授，甚至担任系主任和院长。在密歇根大学建筑学博士论文中，有1/2的论文是关于诸如建筑与规划领域计算机的应用、博弈论等数学方法在建筑规划中的应用、建筑物理学以及环境心理学和行为科学等建筑与其他相关学科交叉的课题。

而在我国，数以百、千计的物理系、建筑系和化学系中，所研究的课题大体雷同，研究方向也颇为相似。在我国，很少有物理学家肯屈尊跨到城市与建筑领域，研究其中的建筑物理与城市环境物理问题。也鲜有化学家来关注诸如建筑室内空气品质、城市垃圾处理以及城市环境化学问题。我国学科交叉研究的风气不盛，不少基础科学研究人员重复研究的现象严重存在，导致许多重要的问题往往无人问津。这也是为什么我国从事基础研究的科研人员数量并不少，但值得研究的空白领域却很多的根本原因。比较而言，一些发达国家的科研人员尽管数量比我国少，但研究领域的覆盖面却远比我国大。许多研究领域的先行者、拓荒者往往不是我国的科技人员。这种现象，值得我们深长思之。

诚然，基础研究应当关注研究那些符合本学科发展内在逻辑的前沿热点问题，关注那些能引领未来的，甚或是应用前景并不明朗的问题；但同样也应有相当部分人，去关注、去研究解决实践中提出来的重要课题，解决与民生密切相关的现实问题，研究能形成重大产业或具有重要经济效益与社会效益的科技问题。二者不可偏废，要两手抓，两手都要硬。实际上，解决实际问题往往难度更大，而且"实践之树常青"，实际问题的解决往往成为萌生新的科学理论的源头活水。某些科学技术问题，虽然是从某一领域提出或产生的，但解决这些问题的关键，却往往须借助于另一领域。这是因为实际问题往往是不分学科的，常需要通过多学科、跨领域的合作研究、协同攻关，才能予以解决。

四、建筑领域一些基础研究与技术开发课题

建筑学、城市规划学与园林景观学正在拓宽成为人居环境科学，与其相关的学科领域范围甚广。建筑领域值得研究的科学技术问题很多。下面仅就建筑学、城市规划学科及推行绿色建筑所涉及的范畴列

举一些课题作为例子，尚不包括土木工程学科的内容。

  计算机辅助规划设计；

  遥感技术在区域与城乡规划中的应用；

  数字城市技术；

  城市生态学；

  城市防灾减灾科学与技术；

  城市环境物理学；

  城市环境化学；

  热岛效应的防控；

  城市设计与建筑设计中的可视化与可听化技术；

  虚拟现实技术在建筑中的应用；

  网络协同设计；

  博弈论、图论等数学方法在规划、设计中的应用；

  城市系统工程学；

  智能交通规划；

  环境心理学与行为科学；

  人居环境评价；

  低碳住宅、低碳社区、低碳城市研究；

  绿色建筑设计；

  养老院及老年人健康住宅设计；

  建筑热工学与建筑节能；

  建筑声学与音质研究；

  建筑光学与绿色照明；

  既有建筑的节能改造技术；

  噪声对人体与动植物的影响；

  光污染对人体与动植物的影响；

  各种建筑材料生产过程中的二氧化碳排放；

  各种植被的二氧化碳固定量；

  室内空气品质；

  城市污水处理原理与技术；

城市垃圾处理原理与技术；

文物建筑保护中的科学技术问题；

各种轻质高强建筑新材料的研究与开发；

建筑标准化与工业化；

既有拟废弃建筑的更新利用；

建筑设备的能源管理；

绿色建材的制备与开发；

建筑材料的循环与再生；

太阳能与光伏技术在建筑中的应用；

可再生能源与洁净能源在建筑中的应用；

智能建筑；

基于建筑生命全周期的节能评价。

列举上述课题作为例子，仅起抛砖引玉的作用。但从中可以看出建筑领域有众多涉及国计民生的重要课题，值得建筑领域和诸多相关领域的科技人员去关注、去协作研究。

五、几点建议

今后我国在规划基础研究、设置学科以及制定科技计划与政策时，应当注意处理好以下关系，谋求取得其间适当的平衡：

（1）应当既注重遵循本学科内在发展逻辑，研究本学科前沿热点问题；又关注和重视研究从实践中产生的与本学科相关的重要实际问题，并从中上升为新的理论。

（2）应当既注重引领未来的，甚或是应用前景并不明朗的基础学科问题；又注重解决现实的、与民生密切相关的科学技术问题，或有重要应用前景，能取得重要经济效益或社会效益的科学技术问题。

（3）应当既注重沿着前人的研究路径做跟踪式的研究；又注重另辟蹊径，开辟新的研究方向，成为某一领域研究的拓荒者。

（4）应当既注重沿着纵向研究本学科业已提出的熟知的课题；又密切关注其他学科领域中提出的与本学科相关的课题，作横向跨学科的探索，为解决其他学科的问题，作出本学科的贡献，发挥"他山之石，可以攻玉"的作用。

（5）在科学技术评价中，既要重视在重要刊物上发表高水平的学术论著，关心成果获奖；但尤其要重视解决重要实际问题的贡献，并以获得实际应用作为科技贡献的最终评价目标。

（6）在制定科技规划、设立各类重点实验室及科研机构时，既要注重新兴学科和传统学科领域；更要注重边缘、交叉学科领域，尤其要注重设立针对重大实际问题和重大需求的多学科研究平台。

（7）在高等学校的学科专业设置中，尤其是研究型大学的学科专业设置与调整中，既注重传统学科专业的设置；尤其要注重边缘、交叉新学科、新专业的设置，加强面对重大科技问题的多学科交叉研究中心的设立。

（8）在制定科技规划，作出科技决策时，应当全面、综合考虑各领域在国计民生中的重要性，取得信息的平衡，避免哪个领域科技专家多、权威多、说话分量重，科技政策就向那个领域倾斜的不合理状况；尤其要注重边缘、交叉领域和过去投入明显偏少的重要领域的科技投入。

（9）在开展学术交流时，既要注重本传统学科内部的交流；更要注重加强不同学科之间的交流与沟通，多举办多学科、跨领域的学术沙龙、学术会议，提倡不同学科领域专家之间横向的交流与合作，以激发创新的灵感，协同攻克实践中提出的关键性科学技术问题。

（10）应当把建筑领域列入国家科技发展的重点领域之一，高度重视对建筑科学技术的投入，增设建筑科学国家重点实验室。应该制定政策，对既有若干国家和省级建筑行业的重点实验室给予定点、定向、长期、稳定的经费支持，使得这些科研机构中的一部分科技人员能专心致志地从事建筑科学的基础研究。也可考虑按照国家购买服务的模式来为这些科研机构提供开展基础研究和社会公益性研究项目的资金支持。应当鼓励广大从事基础研究和科技开发的科技人员跨到建筑领域来从事科学研究和技术攻关。国家尤其应把推行绿色建筑，研发低碳住宅和开展对既有建筑的节能改造和品质提升作为发展低碳经济和绿色循环经济的重要领域，作为应当重点予以振兴的战略性新兴产业予以高度重视，以期引领下一轮全球的科技发展与经济振兴。

中学的回忆

1959年夏天,我由平和实验小学考入平和一中,在平和一中上了一个学期的课程。由于此前我父亲吴秋山已调到漳州师专任教,我母亲林得熙也于1960年春从平和一中调到漳州一中任教。我和姐姐、弟弟便随母亲一同迁往漳州。我顺利地通过漳州一中的转学水平考试,插入初一下学期的班级学习。自此直至1965年夏天高中毕业,我在漳州一中度过了五年半难忘的中学时代。

母校漳州一中是一所有百年历史的闽南名校。究其滥觞,可追溯至1902年创立的漳州府中学堂。1952年定名为漳州第一中学。我读书时漳州一中是福建省重点中学之一。在我的印象中,漳州一中的校园很美。校园占地143亩,其中,绿地面积达70多亩。从校门口一条呈斜坡状的林荫大道步行而上,迎面正对的是教学主楼新华楼,居于主轴线正中最高位置。新华楼原名干之楼,是漳州市现存最早的框架结构二层楼房,上下各有12间教室及两个大厅。正门四根爱奥尼柱式的立柱,颇具气势。当年新华楼楼上是图书馆和教研室,楼下是教室。其两侧稍低位置,分列四栋教学楼:劳动楼、五爱楼、卫国楼与三好楼。这些教学楼四周都环绕着绿茵茵的草地、修剪齐整的冬青树篱以及扶疏的花木,如夹竹桃、木棉树、凤凰木、玉兰树、夜来香等。这些花

注:原载《共和国院士回忆录(一)》,裘法祖等著,东方出版中心,2012年,上海。

木次第开放，不仅绚烂悦目，而且氤氲馥郁。在林荫大道的左侧是个具有400米环形跑道的体育场。体育场西边是礼堂、食堂和教工宿舍。当年我母亲曾分配到一间宿舍，成为我们吃中餐和午休的处所。林荫大道的右侧是足球场和篮球场。1961至1962年间，我国遭受三年经济困难时期，这里曾经成为菜园。教学楼的后面是花团锦簇的生物园地。我们当年曾以它被摄进纪录片而倍感自豪。生物园地分布在紫芝山山麓。紫芝山上还有仰止亭，当取自"高山仰止，景行行止"之意。据说理学大师朱熹曾任漳州知事，力倡教育。因此，在紫芝山南麓，南宋时建有芝山书院。仰止亭就是芝山书院的附属建筑。仰止亭是重檐八柱石亭，体型隽秀。"仰止"用闽南方言发音类似"老鼠"，因此，当年我们都谑称它为"老鼠亭"。我们课余有时会爬上紫芝山，登上仰止亭，俯瞰漳州城。

　　漳州一中的西边紧挨着龙溪农业学校。当年毛泽东指挥工农红军攻占漳州市时，其指挥部就设在此处。有一栋红楼成为供群众瞻仰的革命文物建筑，在此设有红军进漳纪念馆。农校再过去，就是漳州师专，后改为福建第二师院。由于我父亲当年在此任教，我们家也在蝴蝶山麓的福建第二师院教师宿舍楼中居住。因此，在整个中学时代，我经常早上从二师院步行穿过农校到一中，晚上放学后再由原路返回二师院。这一路两侧是美丽的校舍和田园风光，还经常可聆听到从喇叭中播放的革命歌曲和抒情歌曲，如马玉涛演唱的《马儿啊，你慢些走》等。我至今脑海中时时回荡的许多旋律，不少就是当年在往返校园的路途中学会的。

　　当年福建省的中等教育，在省教育厅王余畔厅长（省委书记叶飞上将的夫人）的领导下，在抓教育质量上狠下功夫。漳州一中也不例外，当年的校园里名师荟萃。如语文老师杨南山、包堃、简在根，数学老师刘家龄、刘良荣、陈丽丰，物理老师张祖模，化学老师吴冬卿、黄宝华，外语老师陈作述、周惠民等，我能在此求学，颇受其惠。朱荣华、曾庆文、姚沛泽、许志勇老师先后担任过我所在班的班主任。朱国正老师是当年主持教学工作的副校长，他亲自抓高三年级的教学，以力夺高考红旗。记得有一次我在自我小结中写道："我的学习成绩扶摇直上……"朱校长看了，找我去谈话，说我用词不当，应当谦虚谨慎、戒骄戒躁，改为"我的学习成绩有所提高"。朱校长的心细和对学生的关爱由此可见一斑。我初三时的班主任曾庆文老师是位物理教师。他讲课生动风趣，能把深奥难懂的物理概念讲得通俗有趣。教俄语的周惠民老师原本是学英语的，但他自学俄语，边学边教，还教得很好，还会弹钢琴。音乐老师魏德亨，不仅会弹钢琴，还擅长作曲。我们在文娱晚会上常演唱他写的校园歌曲。回想起来，将他誉为校园歌曲的先驱人物之一，并不过分。是他教会了我拉手风琴、弹钢琴。我至今一直保有对音乐的热爱。这对我从事建筑声学的研究大有帮助，应当感谢魏德亨老师当年的栽培！高中时我们的几位数学老师，如讲授立体几何的刘家龄老师、讲授解析几何的陈丽丰老师等，都有很高的数学学养。刘家龄老师是毕业于厦门大学数学系的高材生。他讲授立体几何是驾轻就熟，使我们能很清楚地得其要领。讲授物理的张祖模老师同样有这种本领。陈丽丰老师曾在广东师院任教过，又曾到华南师范大学进修过研究生课程。据说她后来曾在《数学通报》上发表过论文，实属难得！

我母亲林得熙、班主任姚沛泽和许志勇等都精心教授过我们的语文课，使我们的写作与阅读都具有扎实的功底。从少年时代起，我在家学的熏陶下，一直对文学怀有浓厚的兴趣。直至初中时，由于当时中苏关系破裂，苏联专家撤走，党中央和陈毅元帅号召青少年向科学进军。我这才立志学好数理化，攀登科学高峰，报效祖国，将兴趣逐渐转向理科。也正是在这种大的时代背景下，尽管当时也花不少时间于政治学习，下乡劳动，但漳州一中的教学工作一直抓得很紧。记得当时经常举办数学竞赛，组织学科业余兴趣小组活动。我曾几次在竞赛中获奖，这激发了我对数理化的学习兴趣。高中时，我们经常琢磨、思考一些数学、物理的难题，每得其解，则如醍醐灌顶，心花怒放！那个时代，老师们兢兢业业教书，学生们认认真真学习，教风、学风良好。正是在这种持续、稳定的良好教学环境下，连续培养出几届优秀毕业生。以我们高三(3)班为例，1965年高考时，全班成绩十分突出。我本人以六科总分569分的成绩名列福建省理科总分第一名，并以最高总分考入清华大学建筑学专业学习。黄汇川同学则是全省理科总分第六名，考入北京大学数学力学系学习。谢重光同学取得全省文科第二名的优异成绩。如今他是北京师范大学历史学博士，任福建师范大学教授、博士生导师，著作等身，在历史学、客家学研究方面，成就卓著。

我考入清华大学后不久，只经历一年的学习，就遇到史无前例的"文化大革命"，未能正常学习。我之所以能于1978年恢复研究生招生考试时重新考取清华大学的研究生，获得再次深造的机会，并于1984年成为我国建筑界自己培养的第一位博士，所以能在本门学科领域取得一些学术成就，是与当年我在漳州一中受到良好教育、打下较扎实的基础分不开的。我对漳州一中一直怀着深厚的感恩之情。我曾写过两首诗表达这种心情，一首是七律：

寄母校漳州一中

梦境依稀何处寻，芝山脚下绿荫阴。
华年弦柱时回首，友辈音容总入心。
探索焉能图坦直，攀登应不避嵚崟。
师翁诲导未尝忘，教育之恩似海深。

另一首是：

漳州一中颂

紫芝山下，仰止亭边，
看楼宇巍峨，林木扶疏；
桃李芳菲，莺歌燕舞，良景赛美图；
琅琅书声，此起彼伏；
运动场上，生龙活虎；
啊，美丽的校园，育才的苗圃！

闽南名校，蜚声遐迩，
有名师荟萃，众人仰慕；

教风严谨，学风淳朴，代代新人出。
优良传统，继承光大，
再创辉煌，与时同步。
啊！百年之学府，璀璨的明珠！

在写这首诗时，我脑海中不由再次回忆起当年在漳州一中的校园生活，还是那么鲜明、清晰、栩栩如生。的确，当年漳州一中给我们创造了较为生动活泼的育人环境，使我们在德、智、体、美各方面都能得到较全面的发展。当年的学雷锋和学习解放军的活动，使我们养成诚信、守纪律、有责任心和关爱别人的良好品德和习惯；向工农学习，使我们去掉骄、娇二气，懂得"一餐一饭，当思来之不易；半丝半缕，恒念物力维艰"的道理。我们当时学习很认真，但我们也不是书呆子，课余我们经常活跃在运动场上，打篮球、排球、乒乓球和羽毛球，还经常到九龙江和游泳池游泳。我本人还得过高中部乒乓球冠军和漳州市中学生游泳比赛仰泳第三名。我还参加了手风琴和钢琴小组的活动。考上清华大学后，我继续加入手风琴队和游泳队。漳州一中还经常举办文娱晚会。一些喜欢舞蹈的学生组织了舞蹈队，跳"霸王鞭""鄂尔多斯舞"，由曾是福建师院舞蹈队队员的林策老师任编导。学校还演出话剧《年青一代》，由柯朝璋老师演林育生，吴承模老师演肖继业。记得在一次漳州市举办的革命歌曲大合唱晚会上，漳州一中的合唱队大出风头，由吴承模老师担任指挥，光手风琴伴奏就达九人之多，我也忝列其中。演出的照片现在还珍藏在我的相册内。每当看到它，当年气势磅礴的合唱场面就与照片相叠合，而耳际又回响起当年高昂热情的歌声！

随着年龄的增长，阅历的丰富，似乎对时间与空间的感受也在变化，觉得时间的步伐加快了，空间的距离则缩短了。自1965年从漳州一中毕业至今，光阴又匆匆过了四十多年，其间又经历过许多事件，在不同地方生活过。但在我的记忆中，当年在漳州一中的五年半生活是那么值得怀念，似乎保留在记忆中的那段时光是格外悠长，而一中校园的空间，在我的记忆中也永远是那么开阔敞亮，色彩斑斓！

故园情思

我的祖籍是福建诏安,祖居地在诏安城关西门。1947年我出生于泉州。我父亲吴秋山是位诗人、散文作家与书法家,长期在中学与高校教授古典文学,精诗词歌赋。我从小跟随父母在平和、漳州等地求学。迄今为止,我仅回过诏安三次。一次是在1950年前后,我三岁时,曾随父母回到诏安,借住在城关北门"倚松书室"。我至今仍依稀记得书室前有个石埕,石埕边有个照壁。20世纪80年代初,我在清华大学读研究生期间,父亲又曾带我回诏安故居,即位于西城门俗称县前街的吴家祠堂。此行使我对祖居地有一个较为清晰的印象。此后,直至2008年春,我应诏安县政府的邀请,再次回到诏安参加第一届青梅节暨书画艺术节。在吴仰南先生的陪同下,我又一次到祖居西门吴庄参观。

我虽然回到故园的次数不多,但由于从小时常听父亲讲述故乡的山川、人物,因而对诏安并不陌生,可谓耳熟能详,也由此培养了对故乡的热爱和深厚的情感。

听父亲说,我祖父吴梦丹是前清贡元,经商致富后,营建了西门

注:原载《功夫茶考》,吴秋山著,海峡两岸文化协会出版,2012年,香港。

吴庄这么一个颇大的建筑群。从我父亲写作的诗词中,我还了解到诏安的不少景点,诸如樟朗春云、长湖秋水、黄塘荷香、赤溪腻涨、初稽玉泉、西峤海月、渐岳晴岚及钟山巨浪等,还有"溪山胜处一庄幽"的笋庄、"古榕罩绿荫"的兰亭社以及"溪水绕庭明镜展,云山对户列屏开"的考园。这些诗情和所表达的画意,使我从小对家乡的景物十分向往,产生朦胧的憧憬之情。尚处于垂髫之年的我,还从我父亲的口中知悉诏安县是著名的书画之乡,文人迭出,大师辈生。记得当时家中收藏有一些文人字画,如谢颖苏(琯樵)的竹、沈瑶池(古松)的禽鸟,沈锡纯的花卉,还有徐序行和我大姐夫沈荣添的花鸟画等。此外,还有清状元王仁堪、清翰林林壬及吴天章等人的书法条幅。

我从小耳濡目染,受到文化艺术氛围的熏陶,跟我父亲学习诗词格律,临摹字帖,养成吟咏习惯。尽管我后来主要从事建筑技术科学方向的研究和教学工作,但诗词书法仍是我业余的第一爱好。2008年春我回诏安时,还写了一首《乌山观梅》的诗:

家乡景物多灵秀,活泼溪流泻石冈。
待到漫坡梅蕊放,乌山更着俏衣裳。

也正是此次返乡参加青梅节,使我有机会更仔细地考察了位于西门的故园。作为一位建筑学者,我欣喜地看到,在诏安城关西门县前街一带,短短数百米范围内,居然至今仍较完整地保留着兴建于明代的城隍庙、武庙、中军厅以及重修于清朝乾隆年间的关帝坊等一系列古建筑。我的祖居西门吴庄,也是其中一处清朝古民居的杰出代表作,至今仍较好地保留着外门楼、大灰埕、吴氏家庙及西北两侧的护厝。整个建筑群坐北朝南,深40多米,宽约30米。这是一座明清闽南一带典型的"四点金"式民居,由门楼、前厅、天井、拜亭及后厅组成。大门前的青磨石鼓仍完好无损,墙面的彩色泥雕依然栩栩如生。对于这些古建筑,有关部门若能请专家作出保护规划,筹款加以修缮,修旧如旧,必能重现当年雕梁画栋的堂皇气象,成为诏安县一道亮丽的风景线,成为吸引游客观光的一大景点。因为整个县前街一带的民居、牌坊、庙宇等建筑，从建筑史的角度看，都极具文物保护之价值。倘若年久失修，一旦圮毁，损失可就大矣！这些历史建筑的保护修缮，对于繁荣诏安的旅游业，振兴诏安的传统文化事业，均大有裨益。

目前，世界各地都十分重视挖掘、宣传乡贤的业绩，十分重视保护历史街区和文物建筑，作为各地的文化名片和旅游亮点。诏安这座具有独特文化传统和浓郁书画气息的县城，若能在历史建筑文物和修缮保护方面多下功夫，必将能与书画艺术相得益彰，对于提升诏安的名气和吸引力，起到难以估量的重要作用。

回顾我在清华大学攻读博士学位的经历

我1965年以全校最高总分考入清华大学建筑学专业学习。入学时，我有幸作为少数几位新生代表受到时任高教部部长和清华大学校长蒋南翔的接见。记得陪同接见的还有张维副校长及艾知生副书记等校领导。我当时向蒋校长表示我的理想是成为科学家，得到蒋校长的肯定。根据蒋校长"因材施教"的方针，我的外语课和数学课都在提高班学习。可惜好景不长，1966年，"文化大革命"就在全国铺开，我们的学业受到严重的冲击。只是在后来"复课闹革命"时，才又补上了理论力学与材料力学几门课程。1970年，我被分配到西安铁路局基建处工作，1974年又调到南昌铁路局第二工程段及福州铁路局设计所工作。在此期间，我按照学以致用的原则，抓紧时间，较系统地自学了包括公共建筑设计、建筑史及几乎全部的结构课程。这为我后来考上清华大学研究生作了一定的知识储备。

1978年，党中央作出英明决策，决定恢复研究生招考。我认为实现我人生理想的机会到来了，决定报考。苍天不负有心人，我被录取为清华大学建筑技术科学专业的研究生。当年清华大学建筑系共录取

注：原载《南方建筑》2012年第2期。

21位研究生，年龄参差不齐。年龄最大者为1961年清华大学毕业生萧默与崔东元，年龄最小者为钟晓青和王贵祥。记得当时我写了两首七律，表达我重返清华大学读研究生时的兴奋心情。

其一是：
清华二进值重阳，梦想成真喜欲狂。
弟子研修思发愤，先生指导费周章。
十年浩劫时辰误，一代蹉跎学业荒。
决策英明崇知识，中兴教育补亡羊。

其二是：
八年海内分知己，知己今朝再比邻。
百感缠绵疑是梦，众心憧憬应成真。
方为外语迷宫客，又作西符洞府神。
别女离妻终不悔，书中景致赛阳春。

我想，这两首诗的确如实地描述了当时师生们的共同心声。我的导师为当时清华大学建筑系仅有的5位正教授之一张昌龄教授。他指导我从事城市噪声方面的研究。我的硕士论文工作是对17个典型住宅组团进行交通噪声实测与分析，为防噪布局提供科学依据。通过大量实测，我得出混合式布局防噪效果最佳，平行式次之，而垂直式最差的结论。该论文后来被《居住区规划与环境设计》等书所引用。在实测过程中，我设想可以通过计算机模拟等方法，来预测城市交通噪声，并决定以此作为我继续攻读博士学位的论文研究方向。

1981年，我获得工学硕士学位。当时国务院颁布我国首部《中华人民共和国学位条例暂行实施办法》，清华大学决定招录首批攻读博士学位的四年制研究生，共录取30位。其中建筑学院三位，即秦佑国、赵大壮和我。由于当时首批博士生导师的遴选极为严格，数量极少。清华大学建筑学院仅有吴良镛教授（学部委员）获选博士生导师，指导城市规划与设计方向的博士生。因此，校研究生处建议我转至吴先生门下，攻读城市规划的博士学位。我原本与吴先生并不太熟悉。我初次登门拜访吴先生，即是希望他能当我的博士导师。此前已有人向他推荐我，说我的数学、物理基础很好，当年高考时，物理是满分。我见吴先生时，主要谈我打算做城市交通噪声的定量研究及防噪规划方面的研究。吴先生对此极表赞同，认为城市的安静很重要，国际学术界对防噪规划很重视，这一选题很有意义，科技含量也高。我还顺便向吴先生汇报我的业余诗词作品曾获得茅盾和叶圣陶先生的指导和称赞的事。吴先生独具慧眼，他对人才的判断自有他的逻辑。他说："你的数学、物理学得好，又擅长诗词，能得到叶圣老的夸奖很不容易，说明你是位很聪明的学生，我愿意招收你为研究生。"就这样，我很荣幸地成为吴先生的博士开门弟子。同期在他门下攻读博士学位的还有赵大壮。同时吴先生还建议我请马大猷教授（学部委员、著名声学家）作为校外导师，协助对有关声学方面的研究作出指导。

在攻读硕士学位期间，我就曾与秦佑国多次到中国科学院声学研究所听马大猷先生的声学原理课程。征得校研究生处的同意，我就到马先生家中，向他表示校研究生处打算聘请马先生作为我的校外导师的意见。马先生也是清华大学的校友。我向马先生汇报了我对博士论文工作的设想，马先生也表示赞同，认为这一选题很有价值。他欣然同意作为我的校外导师。这样，我就很荣幸地在三位著名教授的指导下，开展博士论文研究工作（张昌龄教授仍担任我的博士副导师）。

我的博士学位论文是关于城市交通噪声的预测、计算机模拟与城市防噪规划方面的研究。这在当时国内还是新的工作。当时我看过一本关于电子流模拟方面的书，也学过"随机点过程"的数学理论。我认为车流的模拟与电子流的模拟具有本质上的相似性，都可以看作是一个随机点过程，当道路上的车流量未达到饱和时，二者均服从负指数分布。因此，可以借用模拟电子流的方法来模拟车流，对车流噪声作出预报。记得当时我调用了大量的车辆，在北京沙河机场上让这些车辆以不同车速行驶，在离车辆一定距离处测出车辆以不同车速行驶时的最大声压级，据此反推出车辆的声功率级。我还利用当时建筑学院购置的唯一一台苹果微型计算机，利用刚学到的计算机编程的知识，用 Basic 语言自编程序，来模拟计算道路上不同状况的车流对临街高层建筑的噪声影响，并通过实测来加以验证，结果发现二者吻合得相当良好。当我向几位导师汇报我的论文进展时，得到导师们的肯定。记得马先生曾问我如何得到车辆的声功率数据，我向他汇报了我在沙河机场的测试方法。马先生说："你用的是反推法。这个办法很好。"马先生还建议我可对道路的双向车流作出一次性模拟。我向吴先生请教防噪规划的研究工作时，吴先生建议我以当时北京市新开通的二环路作为实际例子，对二环路临街建筑提出防噪规划建议，供北京市规划局参考。张昌龄教授也高度评价我的论文工作进展，认为这是在我国首次实现对临街建筑噪声影响的定量预报，很有应用价值和意义。导师的指导使我的博士论文工作进展很顺利。1984年，我完成了博士论文初稿。吴先生建议征求马先生的意见，由马先生来把关。马先生仔细阅读我的论文稿，认为已达到工学博士论文的水平，可以进行论文答辩。

1984年9月22日，建筑学院为我隆重举行了博士论文答辩会。论文答辩委员会的组成规格颇高，由马大猷院士任答辩委员会主任委员，由吴良镛院士、赵冬日、陈占祥、陈绎勤、刘小石、吴大胜、汪坦、张昌龄、车世光教授任委员。我顺利地通过论文答辩，成为我国建筑界与声学界自己培养的第一位博士。兴奋之余，我写了一首七律《获博士学位有感》，诗中写道：

荣膺博士慰平生，瀚海扬帆又一程。
书到用时方恨少，学臻佳境益求精。
边缘领域拓荒始，理纬文经织锦成。
制度于今初设立，长空伫看众星明。

的确，我国学位制度的设立，培养了众多的人才。清华大学30位首批博士生中，已诞生了三位院士，即欧阳钟灿、江亿和我本人。其他博士生也都取得骄人的成就。

回顾在清华大学攻读博士学位的经历，我最大的体会是，研究工作应坚持学以致用，研以致用，即应以解决实际问题为出发点和根本目的。由于实际问题是不分学科的，有的问题虽然是从某一领域提出的，但解决问题的关键钥匙，却可能来自其他领域。此即"他山之石，可以攻玉"之谓也。因此，你若想真正解决问题，就必须善于到其他相关学科去寻找钥匙，进行跨学科的学习。当年我在清华大学攻读博士学位期间，除了在吴先生、张先生指导下，认真学习现代建筑引论、城市规划史、城市规划理论、居住区规划与设计等建筑与规划类的课程外，还在马先生的指导下，学习声学、室内声学与环境声学等声学理论，还广泛听了包括复变函数、概率与统计、线性代数、计算机语言与编程以及随机过程等诸多数学与物理课程，为解决实际问题奠定了基础。因此，我的座右铭是："半世追求谋致用，平生研究贵坚持"。我愿以此与诸位读者共勉之。

半野轩

1985年4月，我应平和育英小学的邀请，专程从杭州回到阔别23年的平和县小溪镇，参加母校校庆盛典。一俟住宿安排停当，我便抓紧时间前往寻访故宅"半野轩"。由于时过境迁，第一次竟然没有找到。第二天，在一位熟人的导引下，方才找到。在我印象中，故宅四周环境很开阔，如今附近盖起了许多房屋，重重叠叠，拥挤不堪，令人不得其径而入。故宅虽然房屋格局未变，但宅旁菜地已不复存在，院子也变了样。由于城镇的蔓延扩展，故宅已被包括在新城镇范围内，"半野轩"也不再名副其实了。

我记忆中的故宅，位于小溪城郊庙坑村。因此，父亲为它取名"半野轩"。其实，它并不是什么奢华的楼阁，也并非别致的别墅，只不过是一进两间泥墙瓦顶的平房。房门开向一个有院墙的长方形院子，面积约莫30m²。房子的四壁和院墙都是用土砖砌成，外抹黄沙，虽然简陋，但在日光照耀下，却呈现出金黄的暖色。风吹树动，每每在墙上筛弄出斑驳的图案。院子里保留着一株黄皮树，虬枝蟠干，姿势很

注：原载《北京文学》2012年第5期。

美。每至夏日，黄皮果实沉甸甸地下垂，其清香溢满庭院，诱人攀枝摘果而食之。院门略偏一角度，为的是正对远处蜿蜒起伏的马鞍峰（又称笔架山，因宛似马鞍与笔架而得名），将远山含黛的秀色因借过来。门口正好依傍着一棵龙眼树，绿叶蓬蓬的树冠，恰似一把绿伞遮护着门户。对这一布局，父亲十分得意。他写了一副对联贴在门上，曰："园栽龙眼树，门对马鞍峰"。厅的右侧，按照一厅二房的格局，留有另一间房的地基，再过去，便是菜地。菜地四周用矮篱、荆门、龙舌兰和堆砌的卵石围护，内种韭菜、角瓜、甘蓝、番薯等四时瓜菜，兼植玫瑰、一丈锦、鸡冠花、美人蕉等花卉。宝蓉姐和我每天从小学放学回来，总要跟随母亲在菜地上忙碌一阵子，锄耘、播种、施肥、浇水、拔草、收获。当年还小的麟弟，也不甘寂寞，忙前跑后地瞎忙活。菜地之所出，可以满足全家大约三分之一的蔬菜需要量。每当我们品尝着自己的劳动成果时，总觉得格外香甜。美国加州大学伯克利分校著名规划与建筑学家亚历山大教授在其名著 *A Pattern Language* 一书中，很强调每个住户最好有自己的菜地和果树。看来我们的"半野轩"，很符合亚历山大教授的主张。

"半野轩"尽管简陋，但是父亲却把它布置得古色古香。案几上布置着文房四宝、花瓶茶具。墙上经常挂着许多著名学者赠给父亲的书画条幅。先严吴秋山于 1930 年代曾任教于复旦大学中文系，出版过散文集《茶墅小品》及新诗集《秋山草》，与许多文人墨客有过交往，获得一些文人学者赠予的墨宝，其中有郭沫若先生书写的条幅《咏屈原》：

晨郊盈耳溢清音，经雨乾坤万籁吟。
始识孤臣何所籍，卅年慰得寂寥心。

郁达夫先生书写的七绝：
五百年来帝业微，钱塘潮不上渔矶。
兴亡自古缘人事，莫信天山乳凤飞。

还有弘一法师（李叔同）写的偈：

千峰顶上一茅屋，老僧半间云半间。

昨夜云随风雨去，到头不似老僧闲。

　　此外，还有许多对联，如弘一法师写的"有无量自在，入不二法门"。记得还有"名士青衫千日酒，故人红豆两家灯"，等等。父亲那阵子迷上了民族音乐。他买了许多乐器，如：七弦琴、阮、板胡、三弦、琵琶、筝等等。他还为几乎每件乐器都题了雅号，亲自书写，并让人镂刻在乐器上，例如："落玉盘""桐雨吟""兰谷风"等等。这些乐器和墙上的书法条幅成为我们家颇有特色的摆设，可谓蓬荜生辉。看着这些隽秀的笔迹和充满诗意的雅号，确实是一种艺术享受。县城许多音乐爱好者也常常来家里切磋技艺，合奏和鸣。那些清悠典雅的乡调古曲，常常化作我们梦乡的仙乐，使我至今还记得许多美妙的旋律。

　　由于我母亲林得熙也是一位中学语文教师，因此不少人以为我小时候一定受到父母亲良好的家庭教育，吃过许多小灶。实际上并非如此。父亲除了曾对我讲授过诗词格律外，并未曾有意识地为我专门讲授过什么知识。他大概是属于那种抱有"儿孙自有儿孙福""树大自然直"观点的人。不过，当他兴致一来，或者我问起他时，他也会给我讲解对联和书画中诗词题款的意思。当然，我们家藏书颇丰，我自小就喜欢随意翻阅，自然也获益良多。我想，这种书香气氛的熏陶，这种耳濡目染、潜移默化的作用是不可低估的。它使我后来虽然学的是理工科，却至今仍然对文学、音乐有着浓厚的兴趣。

　　长大后，我曾经到过许多大城市，换过许多住处。由于学的是建筑学，更使我有机会接触许多富丽堂皇的建筑物。但是相比起来，我对"半野轩"的情更深，意更真，爱更笃，念更切。这大概就是人们所说的金窝银窝不如家里的草窝，尤其不如儿时草窝的缘故吧！

在人居环境科学领域耕耘

我于 1965 年考入清华大学土木建筑系建筑学专业学习，1970 年毕业后先后在西安铁路局基建处及南昌铁路局二段和铁路设计所工作。1978 年我再次考上清华大学建筑系当研究生，师从张昌龄教授从事建筑声学研究。1981 年，我有幸成为吴良镛院士指导的首位博士研究生，跟随吴先生攻读城市规划与设计专业的博士学位。此间，张昌龄教授仍然作为我的副导师。同时，学校又聘请中科院声学所马大猷院士作为我的校外导师。我的博士论文题目是"道路交通噪声的预报、计算机模拟及其在城市防噪规划中的应用"。关于此课题的研究在当时国内尚属首次开展的工作。我在三位导师的精心指导下，顺利于 1984 年通过论文答辩，成为我国建筑学领域自己培养的第一位博士。毕业后由于照顾家庭的原因，我谢绝了恩师吴良镛院士的一再挽留，被分配到浙江大学任教。此间，我曾先后到悉尼大学和因斯布鲁克大学做访问学者。1998 年，我调到华南理工大学建筑学院工作。多年来，我一直坚持从事城市环境噪声和防噪规划的研究，后来又从事室内声学、

注：原载《积渐人居：清华大学建筑与城市研究所二十五周年》，清华大学建筑与城市研究所编著，中国建筑工业出版社，2013 年，北京。

厅堂音质、声景观以及建筑使用后评价方面的研究。2005年，我当选为中国科学院院士，成为我国建筑技术科学领域首位中科院院士，后又出任技术科学部副主任以及我国首个亚热带建筑科学国家重点实验室主任。

华南理工大学亚热带建筑科学国家重点实验室设有建筑设计科学、建筑技术科学以及建筑工程技术三个实验中心，下设现代建筑创作、生态城市与绿色建筑、数字媒体技术、GIS技术、传统建筑文化与保护；建筑声学、建筑光学、建筑热环境与节能；建筑结构、防灾减灾、施工监控与健康监测以及岩土与地下结构等12个子实验室，拥有73位固定研究成员和1万余平方米的科研用房。实验室以亚热带生态城市和绿色建筑作为研究的总目标，分别从规划与设计、环境与节能以及结构与安全三个方面实施具有分工又有合作的研究工作。目前，我国的建筑运行能耗已占社会总能耗的26%，若再加上相关的工业能耗，如生产钢铁、水泥、玻璃、砖石等建筑材料的能耗及其运输能耗，则与建筑业相关的能耗占社会总能耗的比例将高达46.7%，与建筑业相关的建筑CO_2排放量也占40%。因此，建筑业占节能减排的近半壁江山。若建筑业不作为，则节能减排就是半句空话。目前，我国的建筑物存在能耗高、功能品质差、环境质量差、科技含量低以及平均寿命短等痼疾，与过去建筑界过于注重形式艺术和外观视觉效果而忽视科学技术不无关系。因此，建筑学与城市规划界必须适应历史潮流，彻底改变观念，更加注重节能、节地、节水、节材和环境保护，更加注重与科学技术的结合，实行可持续发展的战略，坚持"广义建筑学"与"人居环境科学"的理念，注重与其他学科交叉、协作，共同来解决我国建筑与城市发展中面临的诸多严峻问题。

我作为中国科学院院士咨询评议工作委员会委员，先后主持两项中科院咨询项目，参与一项中科院重点咨询项目的工作，倡导建筑学教育与科研应当坚持艺术与科学相结合的方向，应当重视发展现代建筑技术科学，努力推行绿色建筑，促进节能减排和改善人居环境，指出建筑业是节能减排的关键领域，建筑与城市科学应当成为我国科学技术重点关注的领域。我的这些研究工作和学术主张，完全是秉承恩师吴良镛院士关于广义建筑学和以交叉、融贯的思维来推进人居环境科学发展的思路,是受先生恢宏的气度所感染,受其博大的思维所启迪。我十分怀念和感激在母校清华园建筑学院所受到的前后长达11年的教育,怀念和感激吴良镛院士及诸位恩师的谆谆教诲!在清华大学建筑与城市研究所成立25周年这一值得纪念的日子里,我写下上面的话,作为向母校和恩师的简要汇报,并以此就教于母校各位恩师、学长和校友!

人才评选与辨识略论

人才战略是实现科教兴国、建设创新型国家和落实可持续发展战略之根本。本文围绕人才评选与辨识问题谈几点看法，包括应建立何种人才观，应当依据什么标准来选拔与评价人才，以及依靠谁来评选与辨识人才等三个基本问题。

一、应当建立何种人才观

首先，我认为我们应当建立广义的人才观，亦即秉承"三百六十行，行行出状元"的理念。各行各业对人才有不同的培养规格和要求，不能笼统地均以培养"创新型"人才来涵盖之。而且对于何谓"创新"，也应作广义理解，不能一概以获奖和发表论文的数量、发表刊物的等级或影响因子、引用率等来衡量。这些指标，对于某些理科专业或学术研究型人才的考核可能是合适的，但不能用于评价所有的人才。例如，对于临床医生，我们应着重考核其治疗疾病的效果或其动手术的水平，而不能一概依其从事基础研究的贡献或发表论文的多寡来评价。

注：原载《科学与社会》2013 年第 3 卷第 3 期。

对于工程师、建筑师，我们应当主要看其承担重大工程设计或施工的水平和能力，而不应只是关注其发表论著的数量。

对于"创新"，我们往往也容易忽略"熟能生巧"型的创新。实际上，"熟能生巧"的"巧"，即是创新，是技术娴熟然后升华为艺术的过程。我们通常讲"技艺"，可知"艺术"是技术的升华。庖丁解牛即是一例。解牛原本是技术活，但能像庖丁一样，谙熟牛身体构造的规律，从而做到游刃有余，把技术升华到艺术诚非易事。可见，由熟而生巧，就是技术的创新。再以美国篮球明星迈克尔·乔丹打篮球为例，本来运球投篮也是技术活，但能像乔丹一样，把打篮球打到出神入化的程度，使人们看其打球，就如同欣赏艺术表演一般，亦属难能可贵。这也就是由熟而生出的巧，是对打篮球技术的创新。古代书法家之所以能在书法艺术上有所创新，形成自己的风格，无不是刻苦临摹各家碑帖，打好基本功的结果。不像现在有些所谓的书法家，明明缺乏基本功，也不想通过刻苦训练来掌握基本功，一心想走捷径，试图通过"飞龙走蛇"的奇特字体的所谓"创新"，来蒙取"书法家"的声誉。总之，无论对于何种行业，都应强调扎扎实实打好本行业的基本功，在充分继承前人成果的基础上，通过改进既有理论、方法与技术的不足来创新。因此，我们考察人才，应十分重视其是否娴熟地打好本行业的基本功。

谈到人才，我们还应当十分强调树立"质量"意识，包括产品质量和服务质量。无论何种产品，质量好价位就高，而且谋求高质量对于节约能源资源是最佳之途径。一辆高质量的汽车，价值动辄以百万计，而一辆低档车，只值数万元。这个例子充分说明质量在现实生产力和社会效益中，是起决定性的因素。而质量好，除了其中包含创新技术的因素外，更多是与制造者或服务者的水准有关。高水平的从业者具有良好的职业道德和敬业精神，能通过刻苦钻研与训练来提升自己的业务本领，其所制作的产品和所提供的服务质量自然就高。因此，提高各类产品和服务的质量水平，是实现中国梦的关键。这就需要不拘一格地培养和选拔各类人才。过去我们曾实施八级工的晋升制度，效果很好，应当发扬光大，以使各类人才脱颖而出。

二、依据什么标准来选拔与评价人才

如前所述,由于我们主张建立广义人才观,不拘一格地培养和选拔优秀人才,而不同行业人才的培养规格和要求各不相同,因此,我们决不能用一把尺子来衡量不同事物。科技教育界应当向体育界学习,对不同专业的人才建立和实施不同的评价标准和选拔程序。这方面,体育界的确做得比较好。众所周知,奥林匹克运动会对不同项目都设立金牌,对不同竞赛项目,设置不同的评价标准和选拔程序。例如,对于跑的项目,主要看其速度;对于跳的项目,主要看其高度和远近。而对于诸如跳水等技巧性项目,则由专家来打分。反观目前科教界,反倒基本用统一的标准来衡量不同专业的人才。因此常常会闹出削足适履的笑话,反过来影响人才的成长和培养。我们常见到不少高校和研究单位,一律用获奖或论文数量、刊物等级、影响因子、引用率等来衡量,而不是着重看候选人的实际业务水平,看其掌握基本功是否扎实,以及在本行业中所处的地位和威望,也不着重看其完成本职工作的能力和实际的贡献,这样就难免出现劣币驱逐良币的尴尬局面。例如,对于临床医生本应着重考察其治疗水平或动手术的能力,如若不然,而是过分强调其发表论文的多寡,则无异于舍本而求末。再如,对于工程师、建筑师,若不是着重考察其完成重大工程的设计或施工的能力和技术水平,而是一律看其论著之数量,则结果可能会失良而获莠。

体育界在选拔奥运会参赛选手时,十分重视其夺取奖牌的能力。换言之,教练对各位选手在国际、国内各自竞赛项目中的排序相当了解。而我们的高校或研究所在选拔各类人才时,却往往喜欢用统一的标准作横向比较,而忽略不同学科、专业的候选人在各自学科、专业中的地位和排序。这也是今后科教界在选拔与评价人才时,应当向体育界借鉴之处。

三、依靠谁来评选与辨识人才

古人早就说过,选拔千里马要靠伯乐,可见评选、辨识人才主要应靠本专业的权威专家。因为只有他们对本专业的人才最熟悉、最了解。但现在不少高校、科研院所都是依赖人事部门来评选、考核人才。而人事管理部门对于所要考核的人才其实并不了解，有时甚至连人都不认识，也不清楚这些人才在其所属的国际、国内同行中所处的地位。为了省事起见，就统一制定一个标准，通常用获奖数量、级别，发表论文的数量等来评价。有的还把刊物分为 A 区、B 区、C 区，似乎很合理、科学，其实是犯了用一把尺子衡量不同事物以及重量不重质的错误。在这种评价体系下，真正熟悉人才的教授、专家反倒未能充分发挥其评选、辨识人才的伯乐的作用。

"试玉要烧三日满，辨材须待七年期。"人才的成长需要一个长期的过程，重要成果的获得也需要一个积累的过程。世界上很多高质量的东西，都不是短时间所能速成的。例如，大家都知道野山参，由于生长期长，其药效绝非人工栽培的人参所能企及。不少水果、作物，若其生长期长，吸收养分多，其品质和营养价值就高，这是不争的事实。人才的成长和重要科研、学术成果的取得，通常也都需要有一个较长的积累过程。所谓"十年磨一剑"，讲的就是这个道理。但现在对人才的评选，存在一种浮夸的作风，存在一种追求短、平、快出成果的急躁情绪。包括评选长江学者等在内，经常只能填近五年的成果，而不是从历史积累的角度和长期考察的观点着眼，都反映了这种浮夸、急躁的情绪，应当予以纠正。

应当重视博物馆建筑的声学设计

博物馆是为藏品保管、陈列展览以及相关的科学与文化教育及学术研究等活动而专门设计修建的城市公共文化建筑。博物馆建筑通常由藏品库区、陈列区、技术及办公用房和观众服务设施等部分组成，有的还设有供学术研究之用的房间。

博物馆通常参观人数甚众，为了给观众在参观、浏览藏品的过程中，提供一个舒适的环境，以便取得学习、观摩的良好效果，为博物馆营造一个良好的室内环境十分必要。所谓室内环境，主要指室内物理环境和室内空气品质。其中物理环境，又包括光环境、声环境以及热湿环境三部分。

目前，我国现行的《博物馆建筑设计规范》，对于博物馆的声学设计不够重视，论述甚少，仅在基地选址这一条款中，谈及与噪声源的相关距离应符合有关部门的规定。在谈及陈列馆和库房的布置时，提到"陈列馆和产品库房若临近车流量集中的城市主要干道布置，沿街一侧的外墙不宜开窗；必须设窗时，应采取防噪声、防污染等措施。"在陈列区一节中，提到"当陈列室面积较大时，室内宜有相应的吸声

注：原载《东南文化》2014年增刊（博物馆建筑空间与新技术02），另一作者为赵越喆。

处理，""有条件时，可选用有利于减轻观众步行噪声的铺地材料"，报告厅"当规模大于或等于300座时，室内应做吸声处理"。在谈及机房设计时，提到机房应"装置防火隔声门，机房内应采取消声、减振措施。"这些规定，还比较原则性，语焉不详，缺少较具体、定量的论述。相比较光环境设计而言，对于博物馆的声学设计着墨不多，尚未提到应有的高度予以足够的重视。

本文论述博物馆声学设计的三项重要内容：即博物馆的隔声与降噪、博物馆的混响时间控制与语言清晰度以及博物馆的电声系统设计。

1. 博物馆建筑的隔声与降噪

博物馆的室内背景噪声标准，在《博物馆建筑设计规范》中并未作出规定。在《民用建筑隔声设计规范》（GB50118—2010）中也未加以明确规定。关于博物馆建筑的室内背景噪声标准，需要做专门的研究，以便制定规范加以确定。在规范尚未作明确规定之前，笔者认为可以参照会议室的室内噪声标准，即不宜大于40—45dBA来执行。这是为了给观众以较安静的环境，提供必要的声学舒适度，同时也有利于满足语言清晰度的要求。

为了达到这一要求，对于博物馆建筑，除了在选址时，应注意前述《博物馆建筑设计规范》提及的注意事项，以及在机房内装设隔声门和采取消声、减振措施外，还应在建筑设计时，做好相邻及上下层相关房间的合理布置，不要将需要安静的房间与有较明显噪声、振动源的房间毗邻或做上下层布置。做好博物馆建筑围护结构的隔声设计，也是重要的环节。例如，博物馆的屋顶，不应采用轻薄的构造与材料，如双层镀锌铁皮夹轻质隔热层之类的结构，就不宜采用，否则会引起严重的雨噪声干扰。博物馆的墙体宜选用较厚实的构造与材料，保证具有必要的隔声量。门窗也应有一定的隔声量，如采用双层玻璃窗，同时门窗的构造应保证有良好的气密性。这样不仅能有效隔除外界噪声的干扰，同时也可节省空调与采暖的能耗，符合绿色建筑的要求。

做好空调系统的消声减噪，是保证博物馆具有较低室内背景噪声的关键环节。为了室内达到40—45dBA的噪声指标,应做好空调管道的消声设计,安装消声器,并严格控制空调系统的出风口风速,使之不超过2.5m/s,回风口风速不超过3.0m/s。

对于能产生振动的机器与管道,应设置隔振垫、弹性吊钩等构件,使这些振动不致引致楼板和墙体的振动,从而激发固体传声。

2. 博物馆建筑的混响时间控制与语言清晰度

关于博物馆建筑室内混响时间标准,《博物馆建筑设计规范》未加以规定。《民用建筑隔声设计规范》也未做明确的规定。对于博物馆建筑的室内混响时间标准,也应通过专门的研究,以便制定规范加以确定。在规范尚未作出明确规定之前,笔者建议博物馆的中频(500—1kHz)混响时间,宜控制在0.8—1.5s之间,下限值适用于体积较小的房间,上限值适用于体积较大的房间。对于某些陈列展示巨大展品的、体积特别巨大的陈列室空间,其混响时间至多也不应超过3.5s,这是能保证必要语言清晰度的临界值。

为了保证博物馆建筑具有适当的混响时间,对于较大体积的陈列室,应做适当的吸声处理。由于博物馆主要是用于语言交流的场所,而语言的主要频率范围在250—2kHz之间,因此,在进行吸声处理时,可采用降噪系数(NRC)来加以定量控制。降噪系数是指吸声材料在250Hz、500Hz、1kHz及2kHz的吸声系数的平均值,被四舍五入到0.05的整数倍。

建议博物馆陈列区室内所有表面的平均降噪系数至少是0.25。吸声材料可错落布置在所有表面上,也可重点在天花和地面布置。若集中在天花布置,建议天花板材料的降噪系数宜大于0.6。对于高度与跨度很大的陈列室空间,也可采用悬吊空间吸声体的方式来做吸声处理。

通过前述的隔声、降噪处理,降低了室内背景噪声,又通过适当的吸声处理,取得合适的室内混响时间值,就为保证博物馆具有良好的语言清晰度奠定了基础。衡量室内语言清晰度是否达标可采用某些客观指标来评价。通常采用语言传输指数STI,或其简化形式室内声学语言传输指数RASTI来评价(对于设置电声系统播音的场合,相应的评价指标为 STIPA）。STI 与语言清晰度的定量关系如表 1 所示。

表 1　STI 与语言清晰度的关系

STI	0—0.2	0.2—0.4	0.4—0.6	0.6—0.8	0.8—1.0
语言清晰度	很差	差	尚可	好	很好

STI 主要取决于信噪比（即语言信号声级与噪声声级之差，用 dB 表示），也与混响时间有关。通常欲取得满意的语言清晰度，要求信噪比宜大于 10dB。如果背景噪声能控制在 40—45dBA 的水平上，则讲解员的声级控制在 60dBA 左右即可保证有较好的语言清晰度。若采用电声系统讲解，则扬声器的声级也可控制得较低，以免成为无关人员的噪声源。同时，混响时间较短的话，更可进一步保证有足够的语言清晰度。

3. 电声系统的设计与使用

通常博物馆要播送通知、导引或有时会通过扬声器系统播放讲解词或背景音乐及某些音效，因此，在博物馆内通常会设置电声系统（包括讲解员携带的移动播放器）。若电声系统设计或使用不当，其播放的声音对于与之无关的观众而言，不啻是另一种干扰噪声源。同时，若播放声级过高，不同组团之间会相互影响，造成语言清晰度不佳和影响声舒适度。因此，搞好电声系统的设计和正确使用扬声器，也是保证博物馆具有良好声环境的重要因素。

对于人数众多且具有一定混响的较大室内空间，宜采用强指向性低声级的扩声系统，使得接受信息的观众位于该扬声器的覆盖范围，获得足够的信噪比，能保证必要的语言清晰度，而对于无关的人员，则该扬声器辐射的声能量，又不致过高，同时外泄较少，不会过多地增加整个大厅的环境噪声声级。

对于使用移动播放器的讲解员，也应注意控制播放的声级，选用指向性较好的扬声器，在保证提供给随团观众必要的信噪比之外，不要播放得太响。最好能采用无线便携式耳罩（或耳机）讲解系统，让随团观众通过耳机或耳罩来聆听讲解，不致对无关的观众产生干扰，同时保证室内的安静。

4. 结语

目前，我国正处于大量兴建博物馆建筑的历史时期。各地兴建博物馆建筑的热潮方兴未艾，因此，如何做好博物馆建筑的声学设计是提高博物馆建筑质量的重要环节，值得进一步深入研究。本文只是起到抛砖引玉的作用。但是如果设计者和管理者能注意到前述的若干要点，加以重视的话，至少可以给博物馆建筑提供一个较好的声环境。

参考文献

[1] JGJ66—91, 博物馆建筑设计规范

[2] GB50118—2010, 民用建筑隔声设计规范

[3] T. Houtgast et al. Past, Present and Future of the Speech Transmission Index [M]. TNO Human Factors. The Netherlands, 2002.

[4] 詹姆斯·考恩著. 建筑声学设计指南 [M]. 李晋奎等译. 北京：中国建筑工业出版社，2004.

[5] 吴硕贤等著. 建筑声学设计原理 [M]. 北京：中国建筑工业出版社，2000.

科研经费应更多地支持长期稳定的研发工作

自从党中央提出"科教兴国"及"创新驱动发展"战略以来，我国投入的科技经费逐年递增。近年来，年均增速更高达 20% 以上。自 2012 年起，业已突破万亿元大关。其中，国家财政科技支出高达 5600 亿元。这充分体现党和政府对科技工作的重视。正如习总书记在今年两院院士大会上讲话所指出的，真正把科技创新摆在了"国家发展全局的核心位置。"然而如何分配与用好这些经费，提高产出投入比，真正使科技研发工作能在提高社会生产力和综合国力方面发挥战略支撑作用，是值得深思的大事。

目前，我国的科研经费大致分为两类，一类是通过竞争获得的经费支持，例如，国家自然科学基金、国家重点基础研究发展计划（973 计划）、国家高技术研究发展计划（863 计划）、科技支撑计划项目以及地方政府类似的基金与计划项目，大都属于此类的经费，占到科研经费总量的很大份额。此类经费所支持的项目，基本上视申报书所列的创新性为依据择优支持。多数项目要求在短期内出成果，如 2～3 年或至多 3～5 年完成，未能或难于对长期稳定的科学研究与技术开

注：原载《科学与社会》2014 年第 4 卷第 3 期。

发工作提供持续支持。第二类经费则是通过财政拨款，支持一些研究与开发平台及团队长期稳定的研发工作，如对国家重点实验室和一些国家或地方科研院所的定期拨款。笔者认为，今后国家和地方政府在科研经费分配方面，应更多地划拨给第二类，以加强对一些长期从事某一领域基础研究和从事行业共性关键技术开发以及社会公益性研究的单位及团体的支持。唯此，方能有利于积累科学基础数据，积累成功与失败的经验与教训，通过多次反馈与改进，摸清规律，掌握关键核心技术，提高形成拳头产品的成功率，真正达到科技推动经济发展与社会进步的目的。

俗话说："熟能生巧"。巧就意味着创新，意味着娴熟的技术，高超的工艺和精益求精的产品。巧只能从熟中来，舍此别无他途。俗话还说："十年磨一剑"。欲在某一领域真正获得具有国际领先或先进水平的标志性成果，掌握核心技术，开发优异产品，非坚持长期、稳定、可持续的研究与开发不可。只有坚持在某一领域长期耕耘，踏实工作，方能积累数据，积累经验，不断淬砺，精益求精，逐步掌握规律，成为行家里手。

我认为，我国之所以未能在诸多领域取得突破，掌握关键核心技术，形成优势拳头产品，此中原因固然很多，但学风浮躁，追求短平快，打一枪换一个地方，是一个带根本性的痼习，也与科研经费过多地向竞争性项目倾斜，未能加强对长期、稳定研发工作的支持有关。

举我所熟悉的建筑科学研究领域为例。二十世纪五六十年代，我国的建筑量并不大。1959年为庆祝中华人民共和国成立10周年，北京修建了十大建筑，已属巅峰之举。但那时，中央设有中国建筑科学研究院，各省市也设有建筑科学研究所。在建筑科技领域有大量科技人员，长期、稳定地从事科技研发工作。这对积累科技基础数据，提高建筑科技水平，开展社会公益性研究，形成标准规范以及掌握行业共性关键技术至关重要。改革开放以来，我国成了世界上最大的建筑工地，占有几乎全球一半的建筑量，然而，我国的建筑科研工作，不仅未能趁势发展，反而有所削弱。上述中央和地方的建筑科研院所，纷纷改制为企业，归国资委管理，有的改为私企。许多单位实施自负盈亏，因此，热衷于搞短平快，搞容易见到经济效益的项目。尽管在增加财政收入方面有大的成效，但也造成科技数据积累的不足和在一定程度上忽视对行业共性关键技术的持续开发以及忽视对社会公益性项目的研究，以致我国建筑科技领域许多规范、标准，往往靠翻译、照搬ISO国际标准，缺乏独立自主的研究。建筑科学领域如此，其他重要的行业与工业部门，如机械工业研究院，是否也存在类似情况？建议有关部门作一深入调查研究，判明得失，作出必要的调整。我们一方面大力倡导和鼓励企业增加科研经费的投入，建立企业的科技研发平台；一方面又把原本的科研机构与平台企业化。此间的思路不无相互矛盾之处。

笔者建议，在目前国家重视科技体制改革，重视搞好顶层设计之际，应当考虑如何更好地发挥原先既有的行业与工业部门科研院所的作用，恢复或新建某些重要的、带有引领全局性的行业与工业部门的科研院所的建制，或者采取国家购买的方式，加强对各类从事行业共性关键技术和社会公益性研究的平台和团队的经费支持力度，使一部分人能心无旁骛、专心致志于长期、稳定、持续的研发工作。如斯，若再辅之以摒弃以论文和获奖为导向的科研成果评价体系，则我国科技事业的发展将如虎添翼，未可限量！我想，这应当也是习总书记在两院院士大会上对于"构建高效强大的共性关键技术供给体系"的题中应有之义。

应当高度重视建筑环境声学的发展

听觉与视觉是人类感知外部环境并与外界进行信息交流的主要方式。无论从人类进化史上看,或者从整个人类的空间分布与数量上看,声音作为文化传承与信息交流主要媒介的时间与广度都要远超过文字与图像。这首先是因为音乐与语言的发明要比文字早很多,而且由于一些少数民族部族与大量不识字或识字不多者,他们主要依赖声音来传承文化或与外界进行信息交流。同时,听觉信息优于视觉信息之处,还在于前者可在暗环境中进行交流。这也就是为什么在成语中,凡是同时提及声与色、眼与耳时,几乎毫不例外,总是声处前,色居次,或耳在先,眼置后,例如耳聪目明、耳濡目染、绘声绘色、声色犬马等皆然。直至今日,我们的授课与举办讲座等,依然主要是通过老师与言者讲解,学生与听众听讲的方式进行。

声音具有多重属性。首先,声波及其传播是一种物理现象,因此声音具有声功率、声压、频率特性等客观物理属性。同时,声音又携带信息,能悦耳入心,具有文化和艺术属性。人们乐于欣赏音乐、歌剧、戏曲;愿意听演讲、评书等,都是在欣赏艺术,接受有用的信

注:原载《科技导报》2014 年第 32 卷第 24 期。

息。其次，声音还是一种环境和景观要素，所谓声环境、声景等，反映的就是声音的这种属性。在传统狩猎与农耕社会，人们与自然和谐相处，与动植物相伴共生，因此，人们喜欢这种由自然界风声雨响、泉涌瀑流、潮涨汐退以及鸟唱虫鸣等构成的声景，也喜欢聆听人类自身创造的音乐声等有价值、能引起情感共鸣的声音。它们是构成乡愁的主要因素。自工业革命以来，人类社会的声景发生巨变，产生许多的高声强、大功率的人造声，包括机器声、电器声，使人类社会充斥着许多噪声，处处对人们的健康、正常生活和思维、学习等产生严重干扰。因此，声音可分为"嘉音"和"噪声"两大类，要依照"嘉则收之，恶则屏之"的原则分别加以处理。建筑与环境声学就是研究如何改善人居声环境，控制噪声，进行建筑空间音质设计的学科，其重要性不言而喻。

  建筑环境声学主要分为3个分支学科：其一是厅堂声学，主要研究如何改善听音环境与听音建筑，包括音乐厅、歌剧院、会议厅、教室、电影院、演播厅等的音质，使人们能欣赏到美好的音乐、戏剧和接收到清晰的语言信息。其二是噪声控制，包括做好建筑物的隔声、吸声、隔振以及城市环境的噪声控制等；其三是声景学，主要研究如何保留传统的有价值的声景以及改造与创造新的美好的城乡声音风景。

  目前，我国对建筑与环境声学不够重视，体现在从事这一领域的专家与发达国家相比，极为短缺。与之相关的本科生、研究生的培养，数量少，后继乏人。由此造成我国人居声环境问题多多，乏善可陈。建筑与环境声学涉及对13亿人民的听觉关怀和诗意栖居，关系重大，亟待引起高度重视，采取有力措施，使之能快速发展。如此，则我国人居声环境的改善庶几有望。

读书与反刍

华侨大学校报约我以"读书"为主题，写一篇两千字以内的短文。这并非一个轻松的任务。因为关于读书的重要性以及如何读书，无数哲人与读者业已发表了许多真知灼见，要想再谈点什么新鲜的见解，殊为不易。况且篇幅有限，更难以展开来谈。思之再三，决定仅述及本人在读书过程中较为深刻的一点体会，而不及其余。

由于人一辈子时间与精力有限，而鉴于"开卷有益"，所欲读之书自然不在少数。因此，我同意前人之建议，将读书分为精读与泛读两大类。对于一般列入泛读的书籍，自然浏览一番便可。而对于那些与读者切身相关，特别有用的书籍，或那些较为高深难懂的书籍，读一遍当然不行，得多读几遍，甚至反复读，也即要通过不断重温、反刍，方能领会其精髓，掌握其要领，从中获得必需的学养，此即本文开宗明义之所在。

关于反刍的重要性，下文还要略为展开来谈。

首先，要提到控制论。大家知道，二十世纪出现了三大理论，即控制论、系统论与信息论。其中控制论是由维纳所创立的。维纳创立

注：原载《华侨大学报》2015 年 10 月 13 日第 3 版。

控制论的目的，在于阐明人、动物乃至机器是如何改善其自身行为的规律。其中一个核心概念，就是"反馈"，也即要善于了解、利用前一行为与预设目标所存在的偏差之信息，作为改进下一行为的指导，以便逐渐达趋目标。读书也不例外，要达到读书之目的，也须通过不断反馈，改进行为，而渐入佳境。反刍就是提倡在读书过程中，要多思，要善于利用反馈的信息。这也就是"学而不思则罔"的道理。

读书其实是一个将外在的书本知识，内化为读者自身学识的过程。这一过程，不可能一蹴而就。不少善读书者都谈到书有个越读越薄的过程，讲的就是通过多次反刍，逐渐将原先尚未理解、尚不掌握的外在知识，内化为自身学识的过程。反刍在这一过程中的作用，就是不断反思书中哪些内容自己尚未理解，哪些部分自己尚未熟练掌握，将之作为下次复习时钻研之重点。随着书中越来越多的内容内化为自身的学养，渐渐地，这本书也就越读越薄了。

反刍的过程，本质上是个消化的过程，也即取其精华、弃其糟粕的过程。读者应当秉持这种态度，即信书，又不全信书，要懂得书中所述，未必全对。因此，要善于鉴别，有自己独立之见解。反刍的作用，就是不断反思书中哪些部分是其精华所在，哪些内容是自己不敢苟同，或需要加以完善乃至修正者。这样，才能有所推进，有所创新。

反刍的过程，还是个"温故而知新"的过程。重温旧书，不必是短时连续的行为，有时可能隔上好一阵子时光，方又开卷再读。此时，由于读者的阅历更丰富了，学养更深厚了，见识更独到了，眼界更高了，再来重读一本故书，自然会有新的收获，很可能会读出原先未曾品味到的意蕴，发现原先未曾挖掘出的矿藏。

反刍的过程，也是个"学以致用"的过程。我们读书的目的，在于应用书中的知识、观点和方法来指导人生和实践。因此，在读书过程中，就要不断反思书中哪些知识可以为自己所用，哪些观点可以指导自己的行动，哪些思路可以借用来解决自己所面临的需要解决的实际问题。

总之，善于反刍的读者，会收获意想不到的更为丰厚的回报。

第四篇 诗词

漳州忆

书院映丹霞
八卦楼旁江水碧紫芝山
麓李桃华
是我少年家

硕贤

2016 年诗词

澄江化石

澄江化石记鸿蒙,
亿载洋流育百虫。
寒武纪时奇迹现,
勃兴生命自蓬蓬。

抚仙湖

净水神州第一湖,
周遭湿地护明珠。
芳容何幸今初识,
欲与仙山醉共扶。

机上所见

气浮铁鸟碧空行,俯瞰舷窗赏画屏。
路遇青峰穿腹过,桥逢绿水截肠横。
星罗棋布散村落,玉列绒堆聚府城。
缩小湖山千分一,天工巧匠筑模型。

润物

书画诗词如雨露,心田润入细无声。
禾苗长出欣欣绿,文化生机勃勃兴。

寄友人

山城一见识红颜,接待殷勤始结缘。
寄赠围巾欣体暖,惠留蜂蜜觉心甜。
巴渝学者酬君慧,南粤书生佩汝娴。
高谊隆情无以报,唯贻墨迹馈诗篇。

赞女排

举国同欢赞女排,英姿飒爽亮高台。
封拦扣垫诚难破,进退攻防岂易猜。
教练堪称常胜将,队员尽是夺金才。
艰辛卓绝创佳绩,力挽狂澜实壮哉!

师生微信群

各届师生共一群,天涯海角息相闻。
历经寒暑犹寻梦,超越空间再论文。
寸寸图形心意挚,声声问候感情深。
虚拟世界时欢聚,构筑和融学术村。

开学有感

又到华园开学日,人流渐密校车驰。
序时依律秋交夏,文武循规张替弛。
师父登堂宣教义,门生寻径自修持。
青松乐盼高千尺,更喜新苗破土滋。

闻志勋兄携孙女游迪斯尼乐园戏作

将妇携孙游港九,迪斯尼堡喜融融。
灰熊山谷求奇遇,米鼠家园觅幻踪。

语笑声欢无耄态,攀高履险不龙钟。
忘年最是怡情物,始信老夫乐返童。

致笑笑

学步盘跚即比邻,他孙亲近若亲孙。
因多记忆故多爱,常有怀思知有心。
稚语声声消晚寂,笑容缕缕送春温。
老夫乐与童为伴,且借晨晖染夕曛。

贺师生欢聚

灿烂群星萃一堂,南辰北斗与参商。
师生情谊浓于酒,互忆华年醉举觞。

师门聚会

同门聚会盛空前,情意殷殷执礼虔。
秋日长隆歌绛帐,尊师传统续佳篇。

中秋夜

亿兆黎元共舞台,歌声唱彻月徘徊。
今宵料是多情夜,遥盼亲人入梦来。

倡国粹

诗词书法国精华,孺子无缘实有差。
细检平生欣慰事,半由情谊半由它。

偶思（两首）

一

金钱地位寻常物，厚谊真情尤可珍。
若喻思维欣快事，巅峰意境妙无伦。

二

世物茫茫何所珍，石崇王恺几人闻？
沧桑屡变文华在，李杜光芒照古今。

哲思

奇妙思维自脑生，因人万物渐添情。
茫茫宇宙曾孤独，浩浩乾坤始客卿。
目遇缤纷而有色，耳闻婉转故为声。
撩云拨雾求真相，无奈妾身总未明。

学艺

艺高要在辨精华，莫使浮光照眼花。
经典恒存如瑞玉，流行易萎若蒹葭。
见贤思法人方俊，取善为模品自佳。
宁上云天裁绚锦，毋抛心力织粗麻。

谢知音

物览情交感动生，思弦漫拨发心声。
歌诗谱就谁人识，幸有知音侧耳听。

读史有感

苏轼文名天下满，中秋赤壁耳能详。
千年之后鲜人识，介甫子瞻孰短长。

岭南秋意

一过中秋气渐凉,岭南依旧郁苍苍。
原间苇草始枯萎,偶有飞红似蝶翔。

假花

五彩缤纷态,春秋照样开。
遥知非本色,未引蝶蜂来。

听觉重要性

常人偏重视知觉,不识听闻位更前。
荷马史诗凭口授,周风雅颂藉声传。
卜辞未刻存音乐,殷契无痕赖语言。
往昔分期疑有误,文明岂止五千年。

声景

声音风景美,此事惹乡愁。
拙政留听阁,耦园闻橹楼。
蜩吟鸣嚖嚖,鹿唱调呦呦。
居境添诗趣,庭林意更幽。

贺清华建筑学院七十华诞

清华建院逢华诞,七十春秋硕果存。
昔日松杨欣伟岸,今朝桃李益芳芬。
匠心营造人居美,炬火昭明领域煜。
常忆当年承雨露,赓扬事业报师恩。

港珠澳大桥

百里长龙跨海隅,体连港澳口含珠。
蜿蜒曲折游姿美,纵贯绵延气势殊。
三地交通穿捷径,五洲输运畅通途。
工程宏伟惊奇迹,绝后空前举世无。

桂殿秋·射电望远镜

张巨眼,炼金睛,宇宙之波辨分明。
巡天阅遍星无数,浩瀚银河水至清。

水调歌头·大象无形

规划如何做,理念未厘清,不知疏密相间,煎饼总摊成。湿地湖沼填塞,建起高楼林立,拥堵路难行。一遇暴风雨,洪涝必频仍。

转思路,多留白,重无形。社区市镇,留足绿地与田塍,还有河川丘岭,构建连通廊道,山水绕青城。百姓宜居此,永续享安生。

长相思·天路

山迢迢,水迢迢,跨水依山天路遥,风光不胜描。
路接桥,隧接桥,玉带蜿蜒雾里飘,彩衢入云霄。

清平乐·七十感怀

人生易老,七十悄然到。犹忆当初年方少,总欲舒其襟抱。
感恩惠我良机,光阴尚未虚移。更喜杏坛花发,一派燕舞莺啼。

论歌唱

人身奇乐器,丝竹逊歌声。
管带机兼备,弦簧韵并生。

天然成妙嗓，智慧控音名。
猿类仅能啸，唱唯吾辈行。

清平乐·偶得

晚来悟道，寡欲蹋烦恼。因有爱心心境好，庶几可延衰老。
细思处事交人，偶为虚象迷惛。虚象若由想象，何须一律求真。

生查子·文理兼修

偏思脑易疲，过虑神多困。文理可兼修，替补除劳顿。
情商共智商，二者人之本。科技与音文，比翼双飞奋。

民歌

早自洪荒始，民歌渐盛行。
先人传信息，氏族表思情。
字契无踪影，音诗互应声。
文明由此创，历史溯初程。

菩萨蛮·聆听心声

昔时书院山林立，为求学问须宁谧。岳麓秀湘西，庐山白鹿栖。
思维流意绪，要在聆心语。若避噪声侵，思程自远深。

霜天晓角·熟能生巧

熟能生巧，舍此无歧道。下笔欲如神助，读万卷，文章妙。
练功千日少，闻鸡晨舞早，练就惊鸿翩若。成与败，易分晓。

减字木兰花·渐入佳境

造园设景，先抑后扬增客兴。曲径通幽，渐引游人入碧洲。
人生何幸？少小艰辛寻绮梦。晚景温馨，满目青山照夕曛。

鹊桥仙·园林时间性设计

庐山风景，四时各异，冬雪夏云秋月。
云蒸霞蔚变无穷，更有那，阴晴圆缺。
一年四季，晨昏旦夕，桃苑桂堂梅阙。
园林设计若高明，须顾及，时间之别。

生查子·大音希声

羽宫角徵商，旋律镶空隙。事物实虚交，运动张弛易。
大音乃静声，大象无形迹。大美蕴其中，谙此终生益。

卜算子·他山之石

此处课题生，密钥存何处？此处无方别处寻，可借他山助。
知识贵宽深，联想开思路。纵骋横驰破险关，成败无须虑。

不了了之

常人做事常期了，未了终之未必差。
维纳斯雕残臂美，红楼梦著缺篇佳。
协商久宕宜先搁，博弈难明待后查。
蒂熟瓜香方获果，长河续浪永无涯。

妙不可言

人类感知常受限，多跟对数量相当。
听音频率迷精辨，观色谱程未尽详。
不可言传凭意会，诚难笔叙藉思翔。
特征勾勒神形出，比兴铺陈助物彰。

苏幕遮·回顾

忆人生，千里路。紧要关头，往往无多步。面对亡羊歧路处，慎择明思，莫使良机误。

识才能，培兴趣。贵在坚持，乐习朝同暮。有志夺魁终不负，天道酬勤，此理当无迕。

对称均衡之美

对称均衡经典式，心灵契合故迷人。
身躯左右宜端整，立面东西贵等分。
机会相同生类似，因缘接近布平匀。
但凡审美常遵理，作品循之可永存。

咏酒

此物风靡久，粮余酿液稠。
成功凭庆贺，失落借浇愁。
侠杰舒豪爽，迁骚咏乐忧。
微醺情更炽，略醉意方遒。

雾霾

阴霾覆盖眼模糊，远处舟车隐若无。
尾气排空飘芥粒，煤烟散尽逸尘污。
创新科技迷氛靖，改变谋猷晦雾除。
朗日青天弥足贵，人居净境爱吾庐。

菩萨蛮·建筑用后评价

行为改进何由控，全凭反馈纠行动。设计别瑕瑜，须询用户需。

民生依建筑，建筑随民俗。营匠欲高明，知人洞世情。

浣溪沙·书法

少小临碑老大痴,学书首在辨媸妍,休将丑陋认新奇。
孺子尚能明喜恶,如何里手易相欺?赓扬经典莫迟疑。

菩萨蛮·论书法

毫端墨线真如舞,游龙宛若惊鸿鹜。妙迹出何因,勤练加悟心。
短长须合度,粗细巧分布。柔曲柳飘丝,劲张剑击姿。

儿童教育

儿童教育趣为先,游戏之中慧火燃。
观鸟山林亲草木,寻鱼水涧识鳞鼋。
登高涉远身心健,读史吟诗眼界宽。
培养才能荷露角,负担过重泯天然。

菩萨蛮·信息污染

如潮信息千重迭,令人耳目无暇接。方寸乱如丝,心难主动思。
养神心静谧,屏蔽防冗息。熟虑解难疑,深思出睿知。

感恩

质能何幸聚为人,代谢新陈生命存。
降此星球环境适,逢斯岁月世情惇。
少思迍邅蹇烦恼,常忆称心愈感恩。
历史回眸多战乱,吾侪际遇属难寻。

莲花山

海丰城北十余里,山似莲花云际开。
到此偷闲居数日,尘缘暂却豁澄怀。

清平乐·与诸院士同游莲花山

云飞雾罩，迷失莲峰貌。雨沛泉丰飞瀑啸，更伴欢欣啼鸟。
携来诸老同游，林间野径寻幽。此际几多生命，山中自享春秋。

初晴

风轻雨歇喜初晴，出浴山林色更青。
鸟雀知吾心境好，啁啾助兴唱无停。

可塘珠宝市场

五洲多宝玉，汇此展珍奇。
合浦还珠集，娲皇炼石遗。
青金凝紫气，碧玺射虹霓。
女士增姿色，民生益福禧。

卜算子·野花自叙

野壑僻流中，烂漫开无数。早识无人到此游，依旧奇葩吐。
更有李桃妍，莫信群芳妒。万紫千红始是春，共赏缤纷渚。

忆江南·汕尾南海寺

南海好，岬屿豁胸怀。碧水潮来千迭浪，潮头击石雪花开，眈眈动礁崖。

清平乐·巧遇台风

10月21日，本欲赴京出席清华建筑学院七十周年庆典，无奈遇台风海马登陆，被困汕尾，作词记之。

台风巧遇，无计京城去。躲进酒楼聊自处，觅得小词数句。
今晨位处风晴，尚觉雨细波平。俄尔狂风大作，始知海马堪惊。

珊瑚玉

淘得珊瑚玉几枚，菊花百朵闪金辉。
天工最是高明匠，秋色封藏永不衰。

捣练子·儿时杂忆一·看电影

夕照黯，手灯明，我伴娘亲进县城。
一俟散场银幕落，漫街插曲唱和声。

捣练子·儿时杂忆二·制弹弓

芭乐树，树枝柔。欲剪枝桠爬树头。
自制弹弓成利器，谁知射雀总空投。

捣练子·儿时杂忆三·捕斗鱼

红叉尾，彩纹斑。为捕雄鱼下稻田。
养在罐中添藻石，盼其决斗敢争先。

捣练子·儿时杂忆四·粘知了

夏季至，学粘蝉。一丈竿头蛛网缠。
屏气循声寻翅影，半天转遍小溪滩。

捣练子·儿时杂忆五·洗铁沙

月挂镜，水声嘈，乐在溪中安木槽。
借助激流冲洗力，黄沙渐尽铁沙淘。

捣练子·儿时杂忆六·龙眼鸡

红鼻子，绿披篷，龙眼鸡飞果树丛。
我用长竿安纸套，擒来掌里赏昆虫。

捣练子·儿时杂忆七·工尺谱

工尺谱,记闽音,和上叉凡古调吟。
卧榻和衣听一曲,芸窗蕉雨伴桐琴。

捣练子·儿时杂忆八·学诗词

平仄仄,仄平平,格律严亲一点明。
唐宋诗词元散曲,众香国里吮花精。

捣练子·儿时杂忆九·练书法

颜柳赵,楷行书,拓帖临摹笔砚濡。
家父毫端开墨菊,中堂条幅列珠瑜。

捣练子·儿时杂忆十·功夫茶

古井水,紫砂壶,火舌轻摇泥炭炉。
色种乌龙冲几盏,甘芬留齿灌醍醐。

捣练子·儿时杂忆十一·学游泳

榕树下,有深溪,戏水嬉波消夏时。
跳水他人张燕翅,我唯垂直落身姿。

捣练子·儿时杂忆十二·迁漳州

从县镇,到漳州,路阔灯明府院楼。
山镇儿童迁闹市,小溪水入大江流。

捣练子·儿时杂忆十三·集邮票

谢尔盖,卡秋莎,友谊之春开嫩花。
翘首盼来回信至,新邮急向侣朋夸。

捣练子·儿时杂忆十四·游厦鼓

鼓浪屿，菽庄园，集美嘉庚墓似鼋。
始识人间佳境秀，井蛙跳至大洋边。

捣练子·儿时杂忆十五·爱科学

停设备，撤专家，蜜月期终关系差。
始立攀登科技志，徜徉数理咀英华。

保护声景

先人进化历艰辛，动植溪泉作伴邻。
竹韵松风闻悦耳，虫鸣鸟语觉怡神。
高山流水成琴乐，雨滴芭蕉入曲音。
亲近自然诚本性，保存声景称民心。

清平乐·高速铁路

蛛网密布，南北东西路。高铁时行三百五，转瞬神龙已度。
清晨犹在京都，午间已达西湖。万里关山飞越，美煞鸿雁鹈鹕。

咏粥

糜粥第一食，久服可长年。
思邈遗方列，陆游诗句言。
他珍三月腻，此品百旬鲜。
温润能滋胃，甘香足养颜。

闽南话

我爱闽南话，芗音惹故情。
京腔唯四调，乡语有多声。

平仄易明辨，抑扬犹动听。

方言流布广，台海并根生。

水仙花

村近园山名蔡坂，洋洋千亩水仙田。

三年育得茎球硕，百蕊开成花朵妍。

瓷碗清泉承玉色，轩窗几案衬芳颜。

迎春满屋飘香气，嫩绿鹅黄意态娴。

紫砂壶

砂壶始供春，名器至今闻。

陶罐清泉储，岩茶香气存。

紫泥称上品，匠艺叹超群。

几案陈佳作，珍同玉石伦。

忆江南·华工好（三首）

一

华工好，中大旧时园。潋滟波中黉宇丽，婆娑树里紫荆妍，代代育英贤。

二

华工好，学子去还来。花季倩容疑旧识，青春树木乃新栽，堪慰教师怀。

三

华工好，在此住多年。何限回思何限忆，几多汗水几多欢，乐赏百花园。

忆江南·羊城好（四首）

一

羊城好，气候近闽南。粤语闽音声类似，果珍海产味同源。居此若乡园。

二

羊城好，四季灿花荣。市有传承存底蕴，城多史迹彰文明。实乃适居城。

三

羊城好，北上广闻名。港澳毗邻居福地，海山拱卫护花城。形胜自天成。

四

羊城好，开放建勋劳。改革东风吹热土，车如流水众如潮。创业逐新高。

树叶

树梢千片叶，乃一系根生。
粗看无差别，细观各异形。
边缘难叠合，脉络辨分明。
独特为原则，天工忌铸型。

捣练子·太极拳（两首）

一

方亮翅，又摸球，姿若飞禽态若猴。
时见舒徐时见疾，又呈刚劲又呈柔。

二

神自若,态悠游,心随动作意念修。

毋虑华荣毋虑失,也无惊喜也无忧。

水调歌头·记第十二届全国建筑物理学术大会

齐聚鹿城北,济济会群英。老新承继交替,帆挂再登程。绿建新增专委,扩大专科领域,协力热光声。改善住区境,吾辈共担承。

候变暖,油煤缺,殆民生。良方何在?低碳乡镇节能城。分布能源利用,被动民居推广,大略此谋成。建筑振兴业,厚望寄新兵。

桂殿秋·楠溪江

江水净,碧汀滢,倒映峰峦竹排行。

舟来漾皱青绸面,筏去波纹熨复平。

今昔出差

京穗穗京往返驰,地空空地两由之。

古人马背行天下,且阅风光且诵诗。

桂殿秋·超级月亮

超级月,益满盈,六八年来再次迎。

嫦娥应庆亲乡梓,碧海蟾宫蜡炬明。

咏超级月

千载几回遇,今宵月最圆。

万邦齐沐浴,四海共婵娟。

玉兔低窥地,金盘亮挂天。

机缘当若此,人事盼团栾。

赞余旭

英姿勃勃胜儿男,勇驾歼机志在天。
编组腾冲超雁举,单飞俯仰赛鹰旋。
拖烟拽练惊鸿舞,破雾穿云孔雀翩。
拼作昙花争一炫,豪情倩影驻人间。

感悟

又闻官落马,愁发鬓双皤。
世上修持少,人间诱惑多。
金钱身外物,美色幻中娥。
静好方为福,真情始可歌。

儿童颂

未受污尘染,无瑕白玉存。
观人凭直觉,做事省机心。
理论虽难识,嫣媸自易分。
天真诚可爱,快乐度初春。

独处

妻儿远在日京都,月下徘徊只影孤。
公务出差时易境,诗词书法足欢娱。
糜粥自煮充餐食,荤素他谋补菜蔬。
多向心源寻慰藉,少从身外觅宽舒。

卜算子·紫荆颂

已是岁寒天,犹放千枝怒。姹紫嫣红万瓣妍,更比桃花妩。
香港特区花,花共区旗舞。花像金雕立广场,气似霓虹吐。

捣练子·出差合肥喜雪

地皓皓，雪濛濛。我到安徽遇上冬。
万物银装披哈达，千株树变李花丛。

蝶恋花·采茶

已到明前茶季节，村野丘陵，处处茶田叠。间有杂花深浅结，丛间时见翩翩蝶。

茶树初舒茶嫩叶，俊俏姑娘，巧手将茶撷。口里山歌歌一阕，眉梢透出丰收悦。

成语新解与杂谈

常为四字语，引作座旁铭。
在在明真理，条条揭世情。
来源多典故，用处启人生。
新解求新义，杂谈促继承。

声波颂

音波功至伟，文化藉之传。
耳目排先后，色声序倒颠。
语言游畅快，信息载飞旋。
礼乐同遵赏，黎民听德延。

点绛唇·同窗好友聚会

阔别经年，约来好友京城聚。一杯清醑，互致殷勤语。
五十年前，玉女金童侣。流光去，已临秋暮，不减青春趣。

贺养生书法展

养生书法展,盛事举南邦。
墨菊辉秋菊,心香透桂香。
草行呈力作,隶篆现新章。
粤港才人汇,中华文脉长。

忆江南·漳州忆一·漳州一中

漳州忆,书院映丹霞。八卦楼旁江水碧,紫芝山麓李桃华。是我少年家。

忆江南·漳州忆二·花果之乡

漳州忆,花果遍田畴。蝴蝶山周师院立,九龙江侧市楼稠。几度引乡愁。

忆江南·漳州忆三·少时同伴

漳州忆,最忆少年俦。青涩男儿才智露,如花少女舞姿羞。岁月已悠悠。

忆江南·漳州忆四·困难时期

漳州忆,熬过困难期。场地开成蔬菜地,小球藻饼助充饥。总盼聚餐时。

忆江南·漳州忆五·布袋戏

漳州忆,布袋戏称奇。手掌自如操傀儡,梨园人物焕新姿。老少尽相宜。

忆江南·漳州忆六·采荔枝

漳州忆,夏日采荔枝。少女少男欣上树,灯笼累累压枝低。佳果啖淋漓。

忆江南·漳州忆七·习钢琴

漳州忆,难忘钢琴房。心索琴弦相共振,键盘之上指飞翔。醉入黑甜乡。

忆江南·漳州忆八·数学竞赛

漳州忆,数学竞奇思。只为疑难方有味,几何三角可吟诗。总令少年痴。

忆江南·漳州忆九·赛排球

漳州忆,班际赛排球。总有众妮来助阵,谁知决战把分丢。脸涨若关侯。

忆江南·漳州忆十·歌咏比赛

漳州忆,声动紫芝秋。师长作词愚谱曲,全班合唱亮歌喉。会演拔头筹。

忆江南·漳州忆十一·高考

漳州忆,高考夺红旗。厅长师生齐祝贺,果然不负众人期。指日赴京师。

忆江南·漳州忆十二·思亲人

漳州忆,岁月可回流?昔日歌声犹在耳,亲人影像脑中留。白了少年头。

相见欢·大学时光一·上清华

华年考上名牌,喜盈怀。
各地鲜花,移向一园栽。
长茁壮,竞开放,是人才。
理想在胸,更上一层台。

相见欢·大学时光二·校长接见

工厅几净窗明,会新生。
校长南翔,风范令心倾。
鼓勇气,趁机会,表心声:
欲做名家,竟获蒋公称。

相见欢·大学时光三·学渲染

清华堂里西厅,悄无声。
柱式楼墙,渲染令神凝。
板斜放,笔轻降,色分层。
退晕合宜,光影渐分明。

相见欢·大学时光四·餐馆遭斥

趁机游历京畿,感新奇。
北海西单,寻遍赖单骑。
清真馆,尝拉面,携猪蹄。
遭斥一番,始识己无知。

相见欢·大学时光五·游西山

西山初赏清秋,约同游。
枫叶如丹,红遍远山陬。

车轮转,笑声串,不知愁。

议说曹公,此处写红楼。

相见欢·大学时光六·提高班

俄文数学双科,获良多。

施教因才,高木发繁柯。

开小灶,名师导,细研磨。

马未停蹄,驰骋上山坡。

相见欢·大学时光七·演出

发挥文艺之长,进琴房。

声助越南,歌舞练多场。

竹签舞,舞昂奋,曲飞扬。

初演成功,轰动万人堂。

相见欢·大学时光八·毕业

谁知好景无常,烈飚狂。

文革波兴,风雨黯华堂。

武斗起,十旬止,令心伤。

分配匆匆,学业草收场。

咏鼠

鼠乃地支头,贪粮喜食油。

机灵兼敏捷,警惕又多谋。

暗道欣穿越,迷宫乐漫游。

献身供试验,医学赖其酬。

咏牛

因被穿牛鼻，诚心服牧童。
耕田求尽力，挤奶愿流空。
咀嚼溪边草，牵拉院里耷。
谁言君驯顺？惹怒猛冲锋。

咏虎

往昔时闻虎，如今罕大虫。
山林悄减缩，野径渐消踪。
霸气凭荒地，威风失铁笼。
兽王重振日，人类慧思通。

咏兔

狡兔特精灵，守株待不成。
三窝谋日伏，千里胜骅腾。
往昔山原觅，今朝月阙逢。
姮娥犹愿返，问尔可随行？

咏龙

先祖创图腾，鳞虫九合成。
巡天播雨降，入水振波兴。
露首然藏尾，翻云又挟风。
雷鸣闻怒吼，闪电状其形。

咏蛇

此物实神奇，全身尽是谜。
无餐能蛰伏，免足可滑移。

毒液何成分？微温怎感知？
仿生多获益，科学解难疑。

咏马

骏马驰千里，万年助旅行。
辛劳洵至伟，低调少长鸣。
虽逊机车力，恒存生物能，
将来谋永续，尚赖此君腾。

咏羊

三只能开泰，五头降广州。
草原欣放牧，山涧乐悠游。
体大堪称美，毛长可作裘。
全身皆是宝，其肉乃珍馐。

咏猴

猴与人相近，群居罕独孤。
天生杂技手，自就滑稽徒。
树杪当纤索，巉岩视坦途。
聪明何若此？赖有大头颅。

咏鸡

雄鸡诚负责，勤恳乐担承。
黉夜曾三醒？清晨待一鸣。
红冠渲旭日，彩羽照花汀。
今有钟铃响，无须尔报明。

咏狗

狗为人类友，久养有深情。
摆尾将宾送，抬头把客迎。
如逢朋不淑，未必彼忠诚。
嗅觉犹灵敏，精明守户庭。

咏猪

家猪驯养久，淡定又贤良。
巧化糟糠味，长成豕肉香。
多繁千圈仔，足抵半年粮。
脏器能移植，民间奉吉祥。

相见欢·三角梅

花如叶状蓬蓬，贺春红。
难抑热情，燃火把丛丛。
花瀑偃，灿明眼，泻墙墉。
腊月繁开，不觉有隆冬。

相见欢·半野轩

泥墙瓦顶玻窗，两居房。
门对鞍峰，园树蔽阴凉。
三分地，围荆薛，种蔬粮。
别有一番，滋味乐先尝。

减字木兰花·华清池

骊山脚下，一片红墙兼绿瓦。千载温泉，汩汩流声生淡烟。
几多传说，遂使华清名远播。歌舞恢宏，演绎长生殿里情。

减字木兰花·咏梁林

门当户对,才子佳人成妙配。建筑城规,泰斗功高树伟碑。考求测绘,修撰中华营建史。珠璧双辉,造就传奇百代垂。

减字木兰花·诗词改革

诗词改革,现代语言宜结合。活泼清新,平实言来易入心。风花雪月,早已吟多难逾越。别出心裁,融入当今新素材。

卜算子·湿地

水土布均衡,湿地城乡肺。植物鱼虫样样生,丰沛资源汇。佳境应维持,生态弥珍贵。美丽家园有赖它,利鸟宜人类。

卜算子·小蛮腰

珠水映蛮腰,高塔亭亭峙。一到黄昏更袅娜,五彩裙装媚。登上塔高层,放眼羊城美。熠熠灯如错落星,地涌银河水。

忆江南·笑笑过圣诞节

逢圣诞,枞树客厅栽。蜡烛光摇灯映彩。心期圣诞老人来,早早上床台。

儿童陈嫒宝

嫒宝稚姿萌,嫩枝初长成。
钢琴能独奏,弈局获前名。
练习跆拳道,咏吟三字经。
春风吹拂日,灼灼放桃英。

西南村

走访西南村，其名远近闻。
祠堂四五座，户籍千余人。
翠绿红葱旺，青苍古树存。
依规修整洁，和睦社风淳。

鹊桥仙·载人航天

天宫二号，神舟十一，万里迢迢对接。
英雄携手太空行，业绩载，航天史页。
身姿矫健，飘浮穿越，雄视星云世界。
任凭失重奈君何，乐居此，天庭别业。

绿色建筑

建筑耗能高，煤油大量烧。
照明兼电器，取暖与空调。
绿色房低碳，人居境达标。
资源谋再用，永续赖斯招。

流连忘返

欲使游人乐逗留，莫教佳境望穷收。
空间仔细来分隔，布局精心作策谋。
水绕丘环无路尽，步移景异有庭幽。
花遮木掩存私密，探胜寻芳意未休。

虞美人·冬至

岭南年尽如春季，不觉临冬至。
人逢佳节乐开怀，恰似荆花满树映阳开。

昔时门户汤团附，保佑平安度。
汤圆粒粒裹糖心，怀抱千家希冀感温馨。

聆听大自然

聆听大自然，欣赏乐诗篇。
膏沸泉流畅，啁啾鸟唱欢。
松风吟野壑，桐雨奏林间。
悟得几分道，参成三昧禅。

婚礼

婚礼进行曲调回，彩灯高挂映眸辉。
新人一对台前秀，宾客全厅堂下围。
岳丈踌躇亲女嫁，郎君喜娶美妻归。
多情有幸成佳果，祝福山盟永不违。

迎新年

时光倏忽过，新岁又将临。
科研存佳绩，诗词写忆文。
媒闻多报道，书法续追寻。
盘点思回馈，前行有所循。

咏金

此属广成员，特长各所专。
殷商铜用盛，秦汉铁居先。
沙土消身影，矿山抱结团。
文明标代际，冶炼现真颜。

咏木

神奇叶绿素,巧化太阳能。
动物依滋养,人居赖构成。
繁花开四季,茂木绿千峰。
生态圈瑰伟,森森万种萌。

咏水

氧氢巧合成,浩荡溢江溟。
护境功弥大,维生职至能。
流凝蒸易变,液固气多形。
最是神奇物,平凡喜下行。

咏火

热烈孰能此,燃烧闪炽辉。
狂来风助势,灭去烬余灰。
熟食承其惠,御寒仰彼威。
光明驱黑暗,利大易生危。

咏土

深沉洵朴实,生命扎根生。
即便飞天际,终归返地层。
菽粮供饮食,土石藉居停。
载物存馨德,赞诗诵百声。

海岛

东溟数岛青,远望鸟龟形。
航母不沉舰,中流砥柱峰。

波涛冲未动，船舶绕旁行。
植被披繁茂，鹭鸥或息停。

点绛唇·珊瑚

门属腔肠，俏姿时作花枝误。汇丛成树，海底生无数。
精卵浮游，水里飘如絮。灰岩附，蔓生聚处，渐次成礁屿。

鹧鸪天·芭蕾

脚趾尖尖挺袅娜，翩翩腾跃舞婆娑。
衣裙贴体腰肢束，伴着弦音款款挪。
飞展翅，转陀螺。整齐划一巧穿梭。
金冠倒踢刚柔济，探海掀身掠浪波。

红旗颂

鲜血染成色，五星嵌上边。
迎风飘艳丽，挂壁显庄严。
战士手高举，儿童目仰瞻。
晴空升冉冉，家国梦祈圆。

2017 年诗词

虞美人·闻获广东省科技突出贡献奖有感

耕耘何必求收获,只问穷求索。
忽闻获奖报佳音,天下自有公道在人心。
人生渐老年迟暮,犹迈攀登步。
问君能有几多欢,恰似菊丛秋季满庭妍。

忆王孙·金陵十二钗——引子

红楼女子命多乖,昔日曹公未尽哀。薄命司中伏线埋。出心裁,同一词牌记众钗。

忆王孙·咏黛玉

梨花一朵贵矜娇,品自清来才自高。木石之盟瑰梦遥,葬花苞,未葬情思魄已消。

忆王孙·咏宝钗

慧中秀外态丰饶,淑女雍容擅赋骚。金玉姻成守冷巢,忆良宵,落尽繁花余艾萧。

忆王孙·咏元春

榴花照眼闭深宫,寂寞晨昏悄自红。唯冀家兴贾府荣。梦成空,画栋雕梁蛛网重。

忆王孙·咏探春

女儿空负丈夫才,诗社经营境界开,公正持平善仲裁。黯伤怀,水远山高独自衰。

忆王孙·咏湘云

活泼机灵史湘云,醉卧花丛蝶未分。嫁得郎君却别魂,误芳春,雨打棠花带泪痕。

忆王孙·咏妙玉

庵中独处伴青灯,谁与商量论佛经?公子空存惜玉情。且修行,结局曹公意未清。

忆王孙·咏迎春

平平资质善唯棋,弱柳柔枝必受欺,只识抓阄决所疑。命难期,风雨摧残花委泥。

忆王孙·咏惜春

玲珑娇小冷心肠,属意丹青画卷长。勘破繁华易感伤,悟无常,遁入空门古佛堂。

忆王孙·咏熙凤

才能经世女中豪,明里温情心里刀。算尽机关仍覆巢,曲终消,乏力回天枉自劳。

忆王孙·咏巧姐

巧能化吉救红颜,偶遇恩人续善缘。野店荒村纺线棉,喜田园,返璞归真近自然。

忆王孙·咏李纨

稻香诗社掌坛人，竹舍茅篱锁住春。幸有金兰寄爱深。论诗文，疗得三分寂寥心。

忆王孙·咏可卿

风流妩媚获欢心，幻境情天沦落人，能预荣宁身后闻。了香痕，命尽红楼惜断魂。

忆王孙·跋

繁华褪尽叹余枝，总忆群芳竞艳时，公子红楼情梦痴。铸新词，且为裙钗写素姿。

忆江南·鼓浪屿（三首）

一

鼓浪屿，小岛世皆闻。鼓浪屿前听鼓浪，钢琴岛上赏钢琴。环耳尽嘉音。

二

鼓浪屿，气候暖如春。错落围墙掩树影，高低别墅隐花阴。居境惬人心。

三

鼓浪屿，扑面海风吹。偶见白豚腾浪跃，时逢鸥鸟贴波飞。相逐白帆追。

忆江南·华工忆（八首）

一

华工忆，硕博带多名。花树年年开蕾艳，笋尖节节拔筠青。团队列精兵。

二

华工忆，最忆是红楼。绿树遮窗筛日照，白屏挂壁映光投。学问共交流。

三

华工忆，缩尺建模型。剧院荣登经典榜，会堂兼作管弦厅。举世尽知名。

四

华工忆，声像仿三维。座位模拟音效美，厅堂渲染景生辉。技术占头魁。

五

华工忆，民乐测频程。混响室中求响度，消声屋里定声能。指向辨分明。

六

华工忆，研究辟新程。用后评估成热点，建成反馈矫偏行。居境质提升。

七

华工忆，出境访频频。美日法英存挚友，台澎港澳结知音。引智绾人心。

八

华工忆，实验室谋成。生态城乡深探索，节能建筑广推行。业界获佳评。

留守儿童过年（两首）

一

鞭炮声声村社喧，心中计日盼明天。
路旁望尽千车过，始见爹娘入眼帘。

二

乡村热闹破初寒，又见门前贴对联。
父母归家团聚日，童心润泽涌甘泉。

采桑子·海峡春节焰火晚会

夜空怒放花千朵，不似春花，胜似春花，金蕊银葩灿若霞。
争相翘首观烟火，情系中华，祈福中华，海峡双边是一家。

偶思

大江春水过，岁月去无痕。
世事发生并，时空意义存。
恒常中变化，往复里更新。
祈盼人长久，经多广见闻。

感时

岁序恒更替，光阴逐转轮。
人心思稳定，世事见纷纭。
棋局时时变，舆情处处新。
民间齐祝愿，富足太平春。

母亲颂

母亲诚伟大，十月孕胎恩。
乳注全身爱，怀温一世珍。

无私捐自我，有梦寄儿孙。
刺字知情重，三迁用意深。

父亲颂

严亲功自伟，血脉续传输。
示范真君子，怜儿大丈夫。
回眸情至切，背影感何如。
君看双飞燕，辛劳哺幼雏。

忆江南·元宵射灯谜

元宵节，最喜射灯谜。搜索枯肠寻答案，豁开心窍解玄机。谜底本无奇。

台湾亲友来厦共度元宵节感赋

台湾亲友来相聚，海峡横穿十里遥。
欲问心情何可拟，一轮明月照清宵。

长相思·元宵灯会

鸣鸡灯，走马灯，溢彩流光不夜城，灯同月共明。
人满庭，喜满庭，笑语欢声曲乐萦，良宵瑞气盈。

元宵大厦烟花秀

元宵大厦烟花秀，焰火霓光亮夜空。
紫色方停青色射，赞声未歇炮声隆。
才舒金菊丝丝灿，又撒樱桃点点红。
传统纱灯仍竞媚，当今技术魅无穷。

渔歌子·雁阵

候鸟长空列阵飞,等差前后紧追随。
排人字,向南移。乡关何处待君归?

渔歌子·鸟语

晨起庭园众鸟稠,此言彼答共啁啾。
声婉转,调温柔。何能译此语音流?

花信

天寒蓓蕾放花迟,数朵零星未满枝。
一俟春来阳律动,三厢秀色映庭墀。

咏雨

湿气凝成滴,乌云满载浮。
青苗淋雨露,绿叶滚珍珠。
水面描千点,风前画万弧。
甘霖天上落,旱地润如酥。

咏风

温差驱气动,风压自形成。
叶颤知君至,旗飘觉尔生。
狂来根茎拔,弱去浪纹平。
酷暑凭消弭,阴霾赖扫清。

咏闪电

阴阳相碰撞,弧电闪光生。
原野银弓亮,长天利剑明。

潇潇携雨落,飑飑伴雷鸣。
富氏求斯理,何当用此能?

咏春雷

巨热催膨胀,形成冲击波。
长空敲羯鼓,大地响铜锣。
高压张宏扩,低频益远播。
春雷惊蛰起,阳气动山河。

减字木兰花·零零阁

荷花池岸,秀阁迎晖花烂漫。圆顶方台,拾级登临抒感怀。
历经磨练,多难兴才成俊彦。一届同窗,筑此华亭举共襄。

鹊桥仙·遐想

茫茫宇宙,遥遥星际,别有宜居乐土。
清风洁水若长存,便繁育,生机无数。
有情似我,智高可待,发达文明尤著。
他年若是有缘逢,须携手,共营天宇。

鹊桥仙·音乐

宫商角徵,音符有限。强弱高低缓急,
全凭乐感巧安排,可谱就,无穷旋律。
管弦悦耳,银喉振膜,摇荡情思魂魄。
感恩音乐伴春秋,添不尽,人生魅力。

梧桐影·盆景梅

盆景梅,枝如铁。三五朵花红似唇,稀疏点缀玲珑叶。

鹊桥仙·绸扇舞

紫绸花瓣，绿绸扇面，台上缤纷变幻。
遮藏一队俏仙姬，惊亮相，翩跹旋转。
俄而波荡，俄而鱼贯，不觉眼花缭乱。
芭蕾舞蹈焕新颜，融汇入，中华理念。

减字木兰花·贺浙大建工学院九十华诞

多年曾驻，何幸有缘相与度。西子湖边，九秩芳菲桃李妍。
英才济济，学术大师齐荟萃。再创辉煌，赢得声名国际扬。

木棉花

树干高昂入碧霄，枝头绽放百花苞。
黄芯紫萼鲜红瓣，灼灼迎风火炬烧。

非洲肺鱼

黏膜包身土里埋，形如笋块实奇哉。
当为蛰伏存能量，生命顽强待汛来。

鹊桥仙·情思

诗词书法，梨园丝竹，八大舌尖美食。
江南塞北好风光，添无数，中华旖旎。
吾生于此，炎黄后裔，承继祖先所赐。
家珍在在惹乡愁，须细品，个中韵味。

访问核安所

漫行科学岛，乐赏蜀山湖。
桃树红如染，明池灿若珠。

仙居囤智士,核电辟新途。
环境凭维护,能源冀裕如。

访宏村(两首)

一

背靠雷岗岭,前临半月塘。
红灯明绿树,黛瓦衬灰墙。
规划依牛体,沟渠类小肠。
村庄宜入画,画里美村庄。

二

宏村八百春,建筑至今存。
镇以稀奇贵,民趋古朴奔。
居多重叠院,户尽镂雕门。
绿水青山绕,风光欲醉人。

蝶与花

蛱蝶丛中舞,翩翩粉翅姱。
花为静止蝶,蝶乃动之花。

江南春

生气日欣欣,阳和万物春。
因风花起舞,有雨叶提神。
虫唱声如笛,禽鸣调似琴。
氤氲烟雾里,红紫织成云。

老年颂

芳冽陈年酒,甘滋百岁参。
闻多明历史,识广饱经纶。

银发飘潇洒，童心葆朴淳。
夕阳红似火，老树俏迎春。

青春颂

华年诚美好，感受特清新。
活力盈肌体，深情溢爱心。
前程描锦绣，志向入青云。
岁序何能挽，长留二月春。

春花

欣欣绿叶衬明鲜，雨后迎晖色更妍。
四月春花谁制出，东君巧手扎丝绢。

南靖土楼

土楼古朴状方圆，屹立青山绿水间。
岭上遥看何所似，参差飞碟落溪边。

云水谣

步石溪中梳碧流，水车空转自悠悠。
古榕两岸张青伞，云气苍茫掩木楼。

夜宿云水谣

长教江边宿，清新洒雨天。
溪声来入梦，伴我返童园。

赏乐

音波入耳沁人心，骀荡春风卷积云。
抚慰神经舒快意，襟怀豁朗醉芳馨。

赏画

妙手丹青描栩栩,瞳睛摄入映心湖。
斑斓色线迷人醉,畅快平生赏美图。

捣练子·咏藕

形似臂,茎通莲,粉质多纤丝缀连。
虽卧淤泥存玉色,埋藏不露育花妍。

捣练子·咏莼菜

碧似玉,嫩新芽。清浅池塘是尔家。
无味方能匀百味,莼汤色味总清嘉。

捣练子·咏豆腐

软白玉,冻琼浆。卤点菽汤结豆霜。
先祖发明光四海,风靡千载利多邦。

捣练子·咏兰花

山谷地,育幽兰,秀叶娇花意态娴。
野径风来香细细,最宜墨色写婵娟。

捣练子·咏元宵

麻作馅,粉包丸。户户元宵庆上元。
宛似桂圆汤里漂,人间天上尽团栾。

捣练子·咏茶

龙井槚,大红袍,碧绿橙黄赛玉醪。
醒目提神通血脉,一杯在手乐逍遥。

捣练子·咏荔枝

满树挂，红灯笼，玉液琼浆滋味浓。
佳果岭南排上品，杨妃居士好相同。

捣练子·咏芒果

状类肾，果皮黄，肉味甘甜水果王。
珍品天成芳四溢，平生最爱喜多尝。

捣练子·咏冬笋

毛笋篛，裹凝脂。埋伏泥中浑不知。
蓄锐养精涵地气，拔尖破土待春时。

捣练子·观科学岛风光摄影口占

科学岛，蜀山湖，柳绿桃红美景图。
道是无声唯画面，似闻风拂鸟欣呼。

春季

春季乱穿衣，乍寒还暖时。
其间多反复，花叶总盈枝。

夏季

夏季煊煊日，台风靖暑氛。
蝉声鸣断续，戏浪祛高温。

秋季

秋季凉飕至，飘萦菊桂香。
良田嘉稻熟，红叶满山冈。

冬季

冬季寒霜降,银装素裹时。
溜冰滑雪板,不羡鸟飞驰。

咏编辑(两首)

一

几多珍宝手中留,辑册编文岁月流。
室静书香堪慰藉,尤期典籍继千秋。

二

编辑图文细剪裁,但闻淡淡墨香来。
一丝不苟成佳著,手抚书扉柳眼开。